너여야만 해

너여야만 해

정해연 장편소설

손안의책

너여야만 해

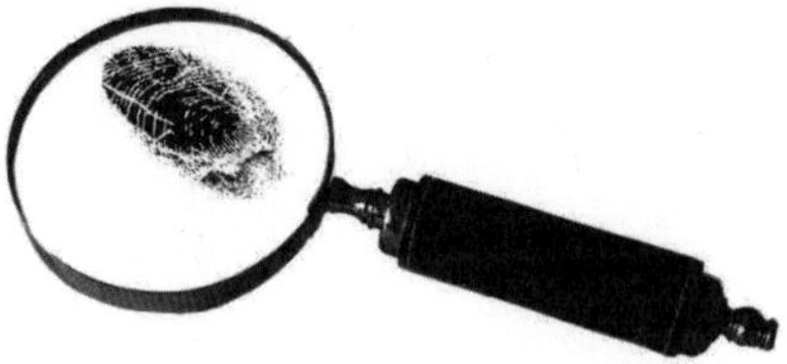

차례

너여야만 해

그들

*

아이가 들어온 것은 벽에 걸린 디지털시계가 이제 막 3시로 바뀌는 순간이었다. 그때 수정은 화장실에서 나오고 있었다. 오십 대에 접어들면서 새벽에도 화장실에 가는 일이 잦아졌다. 아주 예전 친정엄마가 두 시간에 한 번씩 화장실을 들락거리는 걸 보고 '화장실에서 애 젖먹이고 오냐'며 농담을 했던 것이 후회가 될 지경이었다. 역시 그 나이가 되어 보지 않고는 함부로 말할 일이 아니다.

"이 시간에 어딜 갔다 오는 거니?"

낮 3시가 아니다. 무려 새벽 3시다. 검은색 바람막이 점퍼의 후드를 꾹 눌러쓴 정모는 한눈에 보기에도 땀을 흘리고 있었다. 얼굴빛이 좋아 보이지는 않았지만, 늦가을 날씨에 왜 땀을 흘리는지, 어디가 아픈 건 아닌지, 같은 걱정보다는 또 무슨 짓을 하고 다니는 거냐, 는 소리가 목구멍을 먼저 치받았다.

그러나 잔소리를 하기도 전에 아이는 방으로 들어가려 했다. 엄마가 궁금해하며 서 있는 것 따위는 아무 상관이 없다는 태도다. 마치 허공에 날리는 먼지가 된 기분이다. 수정은 정모의 팔을 잡아챘다. 그 바람에 아이가 뒤집어쓰고 있는 점퍼의 후드가 뒤로 훽 넘어갔다.

"말 안 할래?"

목소리를 높였지만, 놀란 것은 오히려 수정이었다. 정모의 얼굴엔 핏기가 가셔 있었고 손목은 땀으로 찐득거렸다. 무슨 큰일이라도 난 사람처럼 휘둥그렇게 뜬 눈에는 벌건 핏줄이 서 있었다. 숨이 거칠었고, 눈동자가 허공의 어딘가로 황황히 헛돌았다.

정모의 몸에서 어렴풋이, 불 냄새가 났다.

"너……."

"이거 놔!"

고등학교 2학년, 열여덟 남자아이의 육체는 이미 성인에 가깝다. 몸의 두께도, 힘도 이미 완성되어 있다. 인중의 거뭇한 수염도 어제오늘의 일이 아니었다. 아들이 점점 수정이 모르는 누군가가 되어가는 것 같았다. 그리고 지금의 표정 역시 난생처음 보는 것이었다.

쫓기는 듯한 얼굴. 뭔가를 부정하고 싶어 하는 얼굴. 두려워하는 얼굴.

수정의 손을 뿌리친 정모는 허겁지겁 문을 닫고 방 안으로 숨어버렸다.

"무슨 일이야?"

잠에서 깼는지 남편 재호가 안방에서 나왔다. 잠을 방해받아서인지 미간이 구겨져 있었다. 재호의 시선이 정모의 방 쪽으로 향했다. 순간적으로 그의 얼굴에서 잠의 기운이 사라지고 서슬 퍼런 기색이 올라왔다.

"이제 들어온 거야? 이 새끼가……."

"아냐, 아냐. 물 마시러 나왔길래 뭐 좀 물어본 거야."

수정은 얼른 그의 앞을 막아섰다.

"뭘?"

되묻는 재호의 말에 수정은 말문이 막혔다. 재호는 걸핏하면 아들을 감싸고도는 수정을 맘에 들어 하지 않았다. 이번에도 괜히 감싸기만 하면 큰일 날 텐데, 하는 생각이 머리를 스쳤다. 하지만 적당한 변명거리가 순식간에 떠오를 만큼 순발력이 좋지도 못했다. 결국 수정은 대충 눙치며 재호의 등을 밀었다.

"지금 새벽 3시야. 내일 얘기해."

미심쩍어하는 재호가 침대에 누운 뒤 수정도 그 옆에 누웠다. 한참 만에 재호에게서 잠에 빠진 듯한 숨소리가 들려왔다. 하지만 수정은 잠들 수가 없었다. 대체 무슨 일일까.

묻는 말에 정모가 대답하지 않는 일은 허다했지만, 지금은 불길한 마음을 다스릴 수가 없었다. 눈을 감으면 정모의 창백해진 얼굴이 떠올랐다. 어둠 속에서 어렴풋이 불 냄새가 나는 것만 같았다.

'설마…….'

말이 씨가 된다는 말처럼 생각조차 현실이 될까 두려워 수정은 얼른 고개를 내젓고는 눈을 감았다. 하지만 그것도 잠시, 수정은 곧 핸드폰을 켜고 인터넷 창을 열었다. 혹시 불빛 때문에 남편이 깰까 싶어 화면도 가장 어둡게 낮췄다.

화재, 서울…….

검색해 보았지만 속보나 새로운 뉴스는 보이지 않았다.

'그래, 너무 과민한 거야.'

수정은 긴 한숨을 내쉬었다. 그리고는 어떻게든 자보려 눈을 감았다. 어둠 속에서 도사리고 있는 불안의 존재를 잊기 위해서였다.

**

아침이 시작되사마자 결국 터지고 말았다. 정모가 일어나지 않았기 때문이다. 문을 잠가 놓는 것은 남편이 가장 싫어하는 일이었다.

"일어난 것 다 알아! 당장 이 문 안 열어?"

물론 첫마디부터 이렇게 거칠게 나간 것은 아니었다. 노크를 했고, 이야기 좀 하자고 했고, 다시 노크. 몇 번이나 대화를 시도했으나 정모는 문을 열지 않았다. 그래서 결국 이 사단까지 나게 된 것이었다.

재호의 언성이 점점 높아지고 있었다. 수정은 조바심이 났다. 두 사람의 싸움도 싸움이지만, 이 아파트는 방음이 좋지 않다. 저 집 가정불화가 있나 봐. 동네에 그렇게 소문이 나는 것은 싫다.

"열쇠 가져와 봐!"

재호가 소리를 질렀다. 수정은 열쇠를 찾으러 가면서 귀를 기울였다. 이쯤에서 정모는 항상 빠끔히 문을 열었었다. 짜증이 나 죽겠다는 얼굴로 '왜?'하고 툭 내뱉듯 말했다. 마치 부르는 소리를 처음 들었다는 듯이.

뺨을 올려붙이지나 말았으면, 하고 생각하며 열쇠를 들고 와 정모의 방문 손잡이에 꽂았다. 덜컥 소리와 함께 문의 잠김이 풀린 그때였다.

초인종 소리가 울렸다. 반사적으로 시간을 확인했다. 아직 8시가 되려면 10분이나 남은 시간이었다. 이렇게 일찍부터 누구일까. 갑작스러운 초인종 소리에 순간적으로 본 것은 인터폰 화면이나 현관문이 아니라 남편의 얼굴이었다. 재호 역시 수정을 보았다. 그의 얼굴에 불안의 기운이 서렸다. 먼저 움직인 것은 재호였다. 수정도 홀린 듯한 얼굴로 재호를 향해 걸음을 떼었다. 아직 정모는 문을 열지 않고 있었다.

"누구십니까?"

인터폰 버튼을 누른 재호가 물었다. 푸른빛을 내는 스크린은 복도에 서 있는 두 명의 남자를 비췄다. 한쪽은 검은색 가죽 재킷을, 한쪽은 카키색 항공 점퍼를 입고 있었다. 둘 다 머리가 짧았고며 호리호리한 체격이었다.

둘 중 검은색 가죽 재킷을 입은 남자가 신분증을 들어 화면에 비추며 말했다.

"경찰입니다. 잠시 문 좀 열어주시죠."

재호의 어깨가 흠칫 떨리는 것이 보였다. 그의 시선이 아직 닫혀 있는 정모의 방 쪽에 잠시 머물렀다. 그리고 나서야 천천히, 현관문을 향해 다가갔다.

재호가 문을 열러 가는 사이 또다시 '경찰입니다. 문 열어주시죠' 하는 소리가 들려올 것 같아 수정은 조바심이 났다. 이 아파트는 방음이 좋지 않다.

***

정모는 '라이터'라고 불렸다. 방화범이라는 뜻이다. 그따위 것도 이력이라면 정모의 이력은 총 세 번이었다. 아니, 걸린 것만 세 번이지, 화재가 크지 않아 무마시킨 것까지 합하면 몇 번인지 알 수 없다. 매번 '정말 다시는 안 그럴게'라고 약속해왔지만 수정은 이제 그 약속을 믿지 않는다.

처음 시작은 초등학교 5학년 때였다. 세 명쯤 되는 같은 반 친구들의 책가방을 가져다가 불태운 일이 있었다. 불은 크지 않았지만, 불똥이 튀면서 정모가 화상을 입었다. 크게 야단치려 했지만 정모는 울먹거리면서 그 아이들이 밉다고 했다. 이유를 말하지 않던 아이는 몇 시간 만에 말했다. 그 애들은 학교에서 열리는 시화전에 엄마가 꽃을 사 들고 왔다고.

학교에서는 가을 교내 축제를 맞아 반에서 뽑힌 작품으로 시화전을 열어 전시했다. 그 작품 중에 정모의 것이 들어갔다는 것은 알고 있었지만, 발표회를 하는 것도 아니고 그저 복도에 세워두는 정도라 학교에 굳이 가야 한다고 생각하지 않았었다. 게다가 당시는 일을 하고 있었고, 재호와의 사이도 좋지 않았던 터라 수정은 심적 여유가 없었다.

연락을 받고 학교로 달려온 재호는 정모를 크게 혼내야 한다고 펄펄 뛰었지만 수정은 오히려 정모를 안아 주었다. 마음이 아팠다. 얼마나 부러웠으면, 얼마나 불안했으면. 수정은 이 모든 일이 자신의 탓인 것만 같았다.

두 번째는 중학교 1학년 때였다. 불이 난 것은 동네 인근의 전원주택 마당에 있던 개집이었다. 개가 불에 타 죽었고, 바람 때문에 자칫 불이 옮겨붙어 큰 사고로 이어질 뻔했다. 가족같이 키우던 개가 죽었으니, 실의에 찬 피해자는 크게 분노하며 합의를 해주지 않았지만 정모는 어렸다. 사회봉사 명령을 받는 것으로 일은 마무리되었다. 아이는 개가 자신을 물려고 해서 순간적으로 그랬다고 말했지만 개는 줄에 묶여 있었다. 가까이 가지 않았으면 위협을 당할 일은 없다. 하지만 수정은 왜 그랬냐고 묻지 못했다. 어쩌면 그때 두려웠을지도 모른다. 정모가 '그냥' 그랬다고 말할까 봐.

세 번째는 오토바이였다. 경찰에게서 연락을 받고 쫓아갔을 때 정모의 얼굴에는 상처가 있었다. 맞은 건지 부딪친 건지 알지 못했다. 정모는 단 한마디도 하지 않았다. 오토바이 값을 변상하고, 경찰에는 사춘기 아이니 봐달라고 사정하고, 허리를 몇 번이나 더 숙인 뒤에야 정모를 데리고 나올 수 있었다.

수정은 문득 그런 생각이 든다. 만약 정모가 불을 지르지 않고는 견딜 수 없는 미치광이가 되어 버린 거라면, 그것이 아이를 따끔하게 혼내지 않은 자신의 탓이라고 한다면, 나는 언제 아이를 돌려세울 수 있었을까?

첫 번째? 두 번째? 세 번째?

그리고 또 이번에는 어디에 불을 낸 걸까.

"김정모 학생 있습니까?"

"지금 자고 있는데……. 무슨 일이십니까?"

문을 열자 들어온 형사들은 신발도 벗지 않은 채 현관 앞에서 대뜸 정모를 찾았다. 무슨 일이냐고 묻는 재호의 얼굴에는 짙은 불안감이 서려 있었다. 방문 안쪽에서 덜커덕하는 소리가 났다. 정모는 자고 있지 않았다. 형사들이 온 것도 알고 있다. 아이는 지금 문에 바짝 붙어 서서 바깥의 동태를 살피고 있을 것이다. 상상만으로도 수정은 비명을 지르고 싶었다. 만약 아이가 지금 그러고 있다면 그것은 정말 또 범죄를 저질렀다는 것이니까.

"우선 학생을 좀 보죠. 저깁니까?"

신발을 벗고 올라선 것은 검은색 가죽 재킷을 입은 쪽이었다.

그에게서 짙은 불 냄새가 났다. 화재 현장에서 오기라도 한 것일까. 심장이 쿵쿵 뛰었다. 정모에게서 나던 불 냄새가 떠올랐다.

"아니, 잠깐만……."

남편이 막아서려 했지만 가죽 재킷 형사가 한발 빨랐다. 그는 문을 벌컥 열었다. 열린 문 사이로 정모가 보였다. 문에 귀를 대고 바깥 상황을 듣고 있었다는 듯한 자세 그대로였다. 수정은 온몸의 피가 씻겨 내려가는 것만 같았다.

"김정모 학생? 오늘 새벽 2시에 어디 있었지?"

"그게……."

정모는 새벽 3시에 집에 들어왔다.

"자고 있었어요!"

나선 것은 수정이었다. '그렇지?'라고 묻는 듯 수정이 보았지만, 그 시선을 정모가 피했다. 갈 곳을 잃은 수정의 시선이 다급히 남편에게로 향했다. 수정의 말이 거짓말임은 재호도 알고 있다. 재호는 말없이 이마를 짚었다. 어차피 통하지 않을 거짓말이라고 생각하는 것이다. 이번에도 정모가 사고를 친 거라고 생각한 것이다. 그래도 감싸지 않을 수가 없었다.

가죽 재킷 형사가 무덤덤하게 말했다.

"거짓말하시면 안 됩니다, 어머님. 시시티브이가 있어요. 본 사람도 있고요. 너, 망원동에 있었지?"

입을 꾹 다물고 있던 정모가 간신히 고개를 끄덕거렸다. 수정은 다리에 힘이 풀리는 것을 느꼈다. 인생의 모든 것이 끝나는 것만 같았다.

“팀장님, 라이터와 검은 점퍼 찾았습니다. 시시티브이와 일치합니다!”

어느새 들어갔는지 항공 점퍼를 입은 형사가 정모의 점퍼를 들고 나왔다. 모든 것을 포기한 듯 정모의 목이 툭 떨어졌다. 가죽 재킷 형사가 수갑을 빼내 들었다. 잘그락거리는 소리가 유난히 차갑게 들렸다. 그가 정모의 손을 잡았다.

“살인 및 현존건조물 방화 혐의로 체포합니다. 당신은 묵비권을…….”

“네?”

정모의 눈이 휘둥그레졌다. 말도 안 된다는 듯 되묻는 목소리가 날카롭게 거실을 흔들었다. 재호와 수정 역시 크게 한방 얻어맞은 듯한 표정이었다.

정모는 낚시꾼의 찌에 걸린 생선처럼 온몸을 펄떡거렸다.

“살인이라니……. 전 불만 질렀다고요!”

서에 가서 얘기하자고, 가죽 재킷 형사가 정모를 잡아당겨 팔짱을 꼈다. 정모의 손에는 이미 수갑이 채워져 있었다. 가죽 재킷 형사는 반항하는 정모를 끌고 현관 쪽으로 향했다. 수정의 옆을 지날 때 짙은 불 냄새가 났다.

수정은 그대로 혼절해 버리고 말았다.

****

"뭐래요?"

"아니라고 하지."

검은색 가죽 재킷을 입은 민광배 형사가 눈두덩을 꾹꾹 주무르며 회의실 철제 의자에 털썩 앉았다. 쓴웃음을 지으며 성윤준 형사가 그의 앞에 자판기에서 뽑은 캔 커피를 내려놓았다. 민광배는 고맙다고 힘없이 중얼거리며 오른손으로 캔을 잡고 왼손 엄지로 뚜껑을 땄다. 음, 소리를 내며 커피를 단숨에 마셨다. 달짝지근한 커피를 마시니 눈앞이 좀 밝아지는 기분이 들기도 했다.

민광배는 긴급체포한 용의자의 조사를 잠시 중단하고 휴식을 취하기 위해 나온 길이었다. 잠시 쉬어라, 말 한마디에 김정모는 말없이 책상에 머리를 묻었다. 그가 나오기 직전 김정모가 뭐라고 중얼거리는 것 같아 고개를 돌리자 원망스러운 눈길이 돌아왔다.

—정말 불만 질렀다고요. 사람은 안 죽였어요.

"원래 단박에 내가 그랬소, 하는 놈도 별로 없지만……."

성윤준이 말끝을 흐리며 민광배의 눈치를 보았다.

"……정말로 죽인 범인이 따로 있는 게 아닐까요."

성윤준은 체포를 당하던 당시 김정모의 행동을 되짚어 보았다. 망원동에 있었냐는 물음에 고개를 끄덕이던 그의 얼굴은 거의 체념에 가까웠다. 그 아이는 모든 것을 다 인정하고 진술할 준비가 되어 있는 것처럼 보였다. 김정모는 방화 전력이 있어서 일찌감치 망원동 일대 연쇄 방화사건의 용의자 리스트에 이름이 올라 있었다.

김정모의 입장이 반전된 것은 '살인 및 현존건조물 방화 혐의'라는 체포 이유를 듣고 나서부터였다. 그는 거세게 저항했다. 불을 지른 것은 맞지만 살인은 아니라고 했다. 그리고 그 입장은 체포한 지 만 10시간이 지난 지금까지도 유지되고 있었다.

"지금이 어떤 때인 줄 알고! 입장 정리 확실히 안 해?"

문이 벌컥 열리며 형사과장이 들어왔다. 성윤준과 민광배가 튕기듯 자리에서 일어났다. 형사과장은 시선으로도 너를 집어삼킬 수 있다는 듯 희번덕거리는 눈으로 성윤준을 노려보았다. 그 시선에 성윤준의 목이 셔츠 안으로 들어갔다.

"이번에도 헛다리면 어떻게 되는 줄 알아? 심지어 상대가 고등학생이야! 저렇게 가둬뒀다가 아유, 아니네요, 죄송합니다, 할 거야?"

형사과장은 부쩍 예민해져 있었다. 무리도 아니었다. 여론의 뭇매를 거세게 맞은 것이 불과 한 달도 되지 않은 일이었다. 그 일로 잘못하면 옷까지 벗을 뻔했다.

독특한 범죄는 시선을 끈다. 거기에 자극적인 발화점이 붙으면 사회적 파장은 커진다. 형사과장이 이름만 대도 파랗게 질려버리는 기억하고 싶지 않은 그 사건, 바로 예비 신부 살해 사건 때문이다.

피해자는 결혼식을 일주일 앞둔 예비 신부였다. 그날 아침, 함께 마사지 숍을 가기로 했던 피해자의 여동생이 집을 찾았다. 초인종을 몇 번이고 눌러도 대답이 없고 전화도 받지 않았다. 비밀번호는 알고 있었다. 번호를 누르고 문을 열었을 때 내부는 지옥이었다.

예비 신부는 이미 죽어 있었다. 칼에 난자된 복부에서 엄청난 피가 흘러 바닥을 적시고 있었다. 옆에는 예비 신랑이 있었다. 그도 엄청난 피를 뒤집어쓰고 있었기 때문에 함께 죽은 줄 알았다. 피해자의 여동생이 비명을 내질렀을 때, 예비 신랑이 깨어났다. 그는 피를 뒤집어쓴 채 눈을 껌벅이며 말했다.

"왜 그래, 처제?"

그것은 끔찍한 악마의 모습이었다고 그녀는 말했다.

예비 신랑은 아무것도 기억이 나지 않는다고 했다. 혼자 자기 무섭다고 해서 밤에 찾아왔고 같이 술 한 잔을 기울이긴 했지만 만취할 정도도 아니었다. 분위기는 좋았다고 했다. 누가 자신의 아내가 될 여자를 죽였는지 찾아달라고까지 했다.

하지만 주변 인물들에게 탐문한 결과, 두 사람의 사이가 좋지 않았다고 했다. '또야?' 싶을 정도로 매번 싸워댔고, 예비 신부가 파혼을 심각하게 고려했다는 진술도 나왔다. 시시티브이도 없는 원룸 건물이었고, 목격자도 없었다. 하지만 외부의 침입 흔적도, 저항흔도 없었다. 면식범일 가능성이 높다는 의견이 모아졌다. 둘이 있었고, 하나가 죽었다. 범인은 명확했다.

피해자 중 한 명이었던 그가 피의자 신분으로 바뀌었다. 자극적인 헤드라인을 붙인 기사가 보도되자 여론의 관심이 쏠렸다. 검은 점퍼의 후드를 얼굴 끝까지 눌러 씌우고 기자와 카메라들 앞에서 연행한 사람은 형사과장이었다. 수사 브리핑 역시 대대적으로 이어졌다.

그러나 결과는 처참했다. 그는 단순한 피해자였다. 사건 충격으로 기억을 잃었던 것이다. PTSD. 외상 후 스트레스 장애였다. 예비 신부가 파혼을 입에 담은 것도 결혼을 앞둔 예비 신부들에게서 흔히 볼 수 있는 행동이었다. 진범은 엉뚱한 데서 모습을 드러냈다. 뉴스가 나오는 것을 보고 교도소 동기에게 자랑스러운 듯 말한 것 때문이었다.

하지만 이미 예비 신랑의 개인 정보가 SNS를 통해 퍼지면서 악플을 비롯한 각종 포화를 맞은 뒤였다. 이후에는 경찰서장까지 카메라 앞에 나서 대국민 사과를 해야만 했다.

그 직후에 벌어진 십 대 청소년 방화 살인사건에 담당 형사인 민광배는 물론이오, 윗선까지 촉각을 곤두세우는 것도 무리는 아니었다.

“사인은?”

“경부 압박성 질식사입니다. 손으로 목을 조른 것 같습니다.”

부검 결과 갑상선 골절이 발견되었다. 시신을 불에 태워 끈에 의한 목조름인지, 손에 의한 것인지 확인되지 않을 수도 있었지만, 정밀한 부검 끝에 부검의가 피해자의 목 근육에 찢긴 흔적을 발견했다. 울대를 기준으로 왼쪽과 오른쪽에 모두 같은 상처가 있는

점, 상처의 모양과 깊이가 두 개 모두 동일하다는 점, 두 개의 상처 간격을 종합해 볼 때 손에 의한 목조름이 추정된다는 의견을 받았다. 상처는 엄지손톱에 의한 것이었다. 압박하는 힘이 너무 강해 손톱이 목 근육을 깊이 파고든 것이다.

"강간은?"

"없었던 것으로 추정된다고 합니다."

못을 박듯, 형사과장이 힘주어 말했다.

"이번에는 반드시 그놈이어야만 해."

민광배가 말했다.

"걱정하지 마세요. 시시티브이도 있고, 무엇보다 제가 목격자 아닙니까."

*****

—112 신고 센터에 김정모가 방화범이라는 문자메시지 제보가 들어왔다는데, 한번 확인해 볼까요?

차를 향해 걸어가는 민광배에게 전화를 건 것은 성윤준 형사였다.

"제보가 언제 왔대?"

—오늘 새벽 6시경이요.

"일단 체크해서 내 책상에 올려놔. 지금 김정모가 불만 질렀다고 주장하는 상황에서 방화하는 것만 본 제보가 무슨 소용이 있겠어. 게다가 방화 시각보다 한참이나 늦잖아. 보도를 보고 한 장난 전화일 수도 있고."

—하긴 그렇죠. 게다가 이번에는 형사님이 목격자시니.

"틀림없어. 걱정할 것 없다고."

이번에도 잘못되면 큰일 난다는 형사과장의 불호령에 정신이 번쩍 든 모양인지 성윤준 형사는 계속 민광배의 확인을 받고 싶어 했다. 이번에는 절대 오인 체포가 아니라는 확신이 필요한 것 같았다. 이제는 슬슬 후배의 멘탈 관리까지 해줘야 하나 싶어 민광배는 쓴웃음을 지으며 차의 문을 열었다.

미리 시동을 걸어둔 차의 내부는 따뜻했다. 어린 시절 방 안에 가지고 들어온 눈사람처럼 후루룩 녹듯 시트에 몸을 묻었다. 피로가 전신을 덮쳤다. 눈이 욱신거렸다. 깊이 숨을 들이켠 뒤 길게 내뿜었다. 아직도 몸에 탄내가 미세하게 남아 있었다.

김정모를 본 것은 천운이었다.

근래 이어지는 크고 작은 방화는 한 사람이 벌인 것으로 추정되었다. 방화의 장소가 망원동에 집중되어 있었고, 벌어지는 시각과 방식이 일치하기 때문이었다. 주로 새벽 시간대에 벌어지는 방화는 휘발유를 이용하고 있었다. 검은 점퍼를 뒤집어써 시시티브이에 찍혀도 신원 확인이 어려웠고, 방화 지역 이후에는 어느 곳 시시티브이에도 잡히지 않아 망원동 일대를 잘 아는 인물로 파악되었다. 무엇보다 망원동 일대에서 연쇄적으로 벌어진 방화임을 미루어 볼 때 이동 수단이 없는 인물로 추정했다. 그래서 망원동에 살고 방화 전력이 있으며 차가 없는 십 대 청소년 김정모가 용의자 리스트에 올랐던 것이다.

하지만 처음부터 김정모가 유력 용의자는 아니었다. 조건에 맞는 방화 전력을 가진 용의자만 여덟 명이었다. 그들에 대한 조사가 이루어지는 동시에 추가 범죄를 막기 위한 순찰 강화가 이루어지고 있는 상황이었다.

어제는 비번이었다. 차를 몰고 도로를 지나가던 그의 눈에 김정모가 보였다. 김정모는 마침 집에서 나오던 길이었다. 새벽 1시의 외출. 검은 점퍼의 후드를 뒤집어쓰고 연신 주변을 둘러보며 주변을 경계하고 있었다.

'저놈이다.'

순간 그런 생각이 들었다. 그는 멀리서 김정모를 쫓았다. 온몸의 세포가 긴장했다. 따라붙은 지 20분이 지났을 즈음, 아쉽게도 김정모를 놓쳤다. 골목길 안으로 들어간 탓이었다. 걸어가는 사람을 차로 쫓다가 들킬 가능성이 커 멀리서 쫓아갔기에 어느 골목으로 들어간 것인지 제대로 보지 못했다. 그로부터 10분가량, 그 지역을 샅샅이 돌아다녔지만 별일은 일어나지 않았다. 김정모가 아닌 걸까. 단순한 십 대 청소년의 새벽 외출이었을까. 그런 생각이 들 때였다. 멀지 않은 곳에서 연기가 피어올랐다. 곧장 액셀러레이터를 밟았다.

화재가 발생한 곳은 망원동의 폐창고였다. 페인트 공장의 물류

창고로 쓰이다 부도 이후 매각이 진행되고 있던 곳이었다. 내부에는 페인트를 비롯해 발화 물질들이 상당수 남아 있었다. 당연히 화재가 크게 번질 것이었다. 창고 옆은 민가였다.

창고에 도착하자마자 민광배는 그대로 차를 몰고 창고 안으로 들어갔다. 발화점은 창고의 가장 안쪽이었다. 나중에 들어보니, 가장 안쪽에는 남은 페인트 통들이 쌓여 있었고 거기에 휘발유를 붓고 불을 낸 것이라고 했다. 덕분에 불이 급속도로 번져 민광배는 차를 후진해 창고를 빠져나온 직후 119에 신고했다.

스스로 진화를 포기하고 후진했으니 망정이지 잘못하면 불길에 휩싸였을 거라고 출동한 소방대원이 말해주었다. 인화 물질에 붙은 불 때문에 폭발이 있었기 때문이었다.

시신이 발견된 것은 어느 정도 진화가 마무리된 후였다.

처음에는 사람인 줄 몰랐다고 했다. 시신을 발견한 화재조사 대원은 그것이 어느 창고에나 익히 있는 폐자재 중 하나인 줄 알았다고 했다. 하지만 시커멓게 타버린 그 덩어리는, 사람이었다.

김정모는 자신이 불을 지른 것은 맞지만, 살인은 하지 않았다고 끝까지 주장하고 있었다. 불을 지르러 가기까지의 과정을 설명할 때는, 처음부터 불을 지르기 위해 집에서 출발했다고 하다가, 편의점에 가는 길에 강한 방화 욕구가 들어 그쪽으로 갔다고 번복하더니, 끝내는 귀에서 누군가의 명령을 들었다고 했다. 정신병에 의한 방화를 주장하고 싶은 것으로 보였다. 하지만 살인에 대해서만큼은 수사 초기부터 일관된 주장을 펼치고 있었다. 시신이 왜 발견됐는지, 그게 누구인지도 자신은 모른다고 했다.

시시티브이에서도 김정모가 사람을 끌고 들어가거나 시신이 담겼을 것으로 추정되는 가방을 가지고 있는 모습은 찍히지 않았다. 창고 안에서 김정모를 만난 이후 사건이 터졌을지도 모른다는 가정하에 시시티브이를 분석했지만, 사망자로 추정되는 인물이 창고 안으로 들어가는 장면도 찾을 수 없었다. 피해자가 폐창고 안에 어떻게 들어갔는지, 피해자를 죽인 뒤 옮겼다면 대체 어떻게 안으로 옮길 수 있었는지를 밝히는 것이 사건 해결의 분수령이었다.

민광배는 주택가 골목 안으로 차를 진입시켰다. 밤늦은 시간인지라 이미 이면도로 옆으로 차가 빼곡히 주차되어 있었다. 집을 지나쳐 한참이나 내려간 끝에야 겨우 한자리를 찾아 댈 수 있었다.

차에서 내려 걷기 시작했다. 몸이 무거웠다. 오늘따라 집이 멀게 느껴졌다. 빨리 집으로 돌아가 뜨거운 물에 몸을 담근 후, 깊은 한숨을 내쉬고 싶었다. 그러면 피로가 단숨에 씻겨 내려갈 것 같았고, 아까부터 맴도는 탄내를 벗을 수 있을 것 같았다.

익숙한 낡은 철문이 눈에 들어왔다. 그는 삼 년 전 이 집으로 이사 왔다. 전세였다. 낡은 단독주택이지만 눈 씻고 찾아봐도 없을 전세 조건이었기 때문에, 주변 편의 시설이니 집 상태 같은 것은 따지지도 않고 바로 계약했다. 아는 인맥을 동원해 부동산에 미리 언질을 넣어두지 않았다면 이나마도 계약할 수 없었으리라.

민광배는 자동차 키에 달린 집 열쇠를 대문에 꽂았다. 철컹, 하고 열리는 소리가 유난히 크게 들렸다. 잠복 때문에 차에서 빵으로 끼니를 때우고, 밤을 새우며 일해도 서울에서 아파트 한 칸을 살 수 없었다. 한때는 정의로운 형사를 소망했던 그의 꿈은 어느덧 아파트를 사는 일이 되어 있었다.

"오셨어요."

문을 열자 그의 아들 윤후가 인사했다. 더없이 무미건조한 음성이었다. 손에는 컵을 들고 있었다. 음료수를 담아 방으로 들고 들어가다가 딱 마주치자 어쩔 수 없이 인사하는 모양새였다. 마주치기 싫은데 재수 없이 걸렸다, 라는 표정이 얼굴에 여실히 드러났다.

"응."

민광배는 신발을 벗고 거실 안으로 들어가며 짧게 대답했다. 거의 열흘 만이던가. 이틀 전 오랜만에 집에 왔을 때는 아들을 만난 기억이 없다.

윤후는 고개를 꾸벅 숙이고는 제 방으로 들어갔다. 콱, 문을 닫는 소리가 왠지 귓전을 때리며 신경을 곤두세웠다. 바로 귀 옆에서 누군가 징이라도 친 것처럼 그는 인상을 찡그렸다. 윤후의 방에서는 푸른빛이 새어 나오고 있었다. 또 방의 불을 꺼놓고 게임에나 빠져 있었을 것이다. 해골 무늬가 그려져 있는 검은색 티셔츠도 그의 신경을 거슬렸다. 밖에서 돌아와 옷도 갈아입지 않고 대체 뭘 했는지 모르겠다. 무엇보다 상의는 제 몸보다 두 배나 크게 입고, 바지는 찢어질 듯이 밀착되는 걸 입는 게 무슨 패션인지 이해할 수 없다. 방학이라고 뚫은 귀를 봤을 때는 자기도 모르게 귀를 잡아당겨 귀걸이가 떨어져 나갔다. 그게 싸움이 됐다. 아들은 눈이 뒤집힌 채 처음 보는 얼굴로 소리를 질러댔다. 어찌나 사나운지 범인들을 잡아 취조하는 것을 생업으로 삼던 자신조차 뒷걸음질 칠 정도였다. 결국 민광배는 윤후의 얼굴에 따귀를 올려붙이고 나서야 아들의 발광을 멈추게 할 수 있었다.

어릴 때는 이렇지 않았다. 말도 잘 듣는 편이었고, 뭘 사달라고 조르기는 해도 마트에서 드러눕거나 하는 일도 없었다. 애교가 없어 아쉬웠지만 남자아이라서 그렇다고 생각했다. 초등학교 6학년, 그때부터 뭔가 어긋나기 시작했다. 덩치가 갑자기 커지면서 비슷한 아이들과 어울렸는데, 민광배는 그것이 문제의 시작이라고 생각하고 있다. 친구를 잘못 사귄 것이다.

그는 안방을 향해 걸음을 옮기다 문득 윤후의 방을 돌아보았다. 닫힌 문 저 안에는 아들만의 세상이 있다. 그 세상은 절대 자신이 이해할 수 없을 거라는 생각이 들었다.

그는 어둠 속에 선 채로 뭔가 능력이 생겨 저 아이를 다시 정자로 되돌릴 수 있다면, 하고 생각했다. 그렇게 되면 절대, 맹세코 평생, 두 번 다시 정자를 뿌리지 않겠노라고 다짐했다.

******

"망원동 화재 현장에서 발견된 시신의 신원은, 사건 현장 인근 여고에 다니는 여학생으로 밝혀져 충격과 안타까움을 자아내고 있습니다."

잠이 깬 민광배가 안방에서 나왔을 때 아내 윤숙은 티브이 앞 소파에 앉아 있었다. 민광배가 나오는 소리를 듣지도 못했는지 고개조차 돌리지 않았다. 티브이 화면은 어느덧 사건 현장을 보여주고 있었다. 통제를 해도 카메라로 줌인해 찍다 보니 창고 내부까지 여실히 나왔다. 사건 현장을 보는 유가족의 심정 같은 것은 생각지도 않는 듯했다. 윤숙은 마치 자신이 거기에 서 있기라도 한 듯 심각한 얼굴로 티브이에 집중하고 있었다. 민광배의 얼굴이 짜증스럽게 일그러졌다. 민광배는 성큼 걸어 소파 앞 테이블에 놓여 있던 리모컨을 집어 들고는 일언반구도 없이 티브이를 꺼버렸다. 윤숙이 눈을 휘둥그렇게 떴다.

"언제 왔어?"

기가 막혀 허, 하는 소리가 났다.

"남편이 언제 나가고 들어오는지 모르지?"

"방을 따로 쓰니까 알 리가 있나."

이 집에 이사 오면서부터 민광배는 아내와 방을 따로 쓰고 있었다. 처음에는 어색했는데 이제는 혼자 자는 것에 익숙해졌다. 잠버릇 문제로 각방을 쓰는 부부는 흔하다고 들었다. 하지만 두 사람은 그것만이 아니었다.

이혼의 유예.

아들이 대학에 갈 때까지만, 어쩌면 결혼을 할 때까지만, 어쨌든 사회의 구성원으로 비뚤어지지 않고 안착할 때까지만 이렇게 살자고 한 것뿐이었다. 하지만 이미 비뚤어져 제멋대로인 아들이 과연 안착할 수 있을지는 알 수 없다.

밤새 화장을 지우지도 않았는지 윤숙의 얼굴은 부자연스러울 정도로 번들거렸다. 그늘이 생길 정도로 길게 붙인 눈썹은 반쯤 떨어져 있었고, 아이라인도 그대로 남아 있었다. 거실 구석에 아무렇게나 벗어 던진 옷이 구겨져 뒹굴고 있다. 처음 봤을 때 '이 추운 날 저런 게 입고 싶을까?' 하는 생각이 들 만큼 짧고 몸에 밀착되는 원피스였다. 옷, 네일아트에 쏟아붓는 돈, 화장, 생활 태도……. 하나하나 나열할 수도 없을 만큼 아내의 모든 것을 민광배는 이해하지 못했다.

"집에 없었던 게 아니고?"

돌아보는 윤숙의 눈빛이 경멸로 떨렸다.

"무슨 뜻이야?"

"아무리 이혼한 사람처럼 자유롭게 살자고 했지만 너는 여전히 윤후 엄마라는 뜻이야."

"내가 아니라고 했어?"

"아니라고 한 적 없으면 애 좀 잘 돌봐. 쓰레기처럼 굴러다니게 하지 말고."

"뭐?"

윤숙의 목소리가 떨렸다. 하지만 민광배는 몸을 돌려버리는 것으로 대화의 종료를 통고했다. 지난 삼 년, 아니 그 훨씬 이전부터 아내와는 대화를 길게 해서 좋은 적이 단 한 번도 없었다. 이것도 대화라고 할 수 있는지 모르겠지만.

민광배는 욕실로 향했다.

"거기 윤후……."

윤숙의 말은 민광배가 욕실의 문을 연 것과 거의 동시였다. 욕실은 이미 아들이 사용 중이었다. 열기가 가득 담긴 몽롱한 눈으로 윤후는 민광배를 빤히 응시했다. 무릎까지 바지를 내리고 한 손으로는 세면대를 잡고 엉거주춤 서 있는 채였다. 윤후의 다른 한 손은 성기를 쥐고 있었다.

민광배는 자기도 모르게 문을 쾅 닫았다.

정신이 들자 곧 욕지거리가 뱉어졌다. 딱딱한 덩어리가 명치를 막고 있는 것 같았다. 문 하나 너머에 제 엄마가 있는데……. 그런 생각 뒤로 분노가 치받았다.

"이 새끼가."

오물을 뒤집어쓴 기분이었다. 피가 거꾸로 솟았다. 이를 악무는 것과 동시에 참아볼 생각도 없이 화장실 문을 걷어찼다. 뭔가 떨어져 나가는 소리가 들리면서 문이 벌컥 열렸다. 쾅, 소리에 놀란 윤숙이 비명을 지르며 돌아보았다. 윤후는 어느샌가 바지를 제대로 입고 있었다. 그러거나 말거나 아들의 멱살을 우악스럽게 움켜쥐고 잡아당겼다. 그 반동에 윤후의 몸이 거실로 나동그라졌다.

"당신 뭐 하는 거야!"

윤숙이 달려와 민광배를 밀쳤다. 그리고는 윤후를 부축해 일으키며 괜찮냐고 물었다. 아들은 제 엄마의 손길도 기분 나쁜지 대답

없이 윤숙의 손길을 뿌리쳤다.

"왜 그러는 거야, 갑자기!"

윤숙이 항의하듯 소리쳤지만 설명할 기분이 나지 않았다. 민광배의 가슴은 여전히 씨근덕거렸다. 내뱉지 않고는 견딜 수 없는 뜨거운 불덩이가 뱃속에서부터 치밀어 올랐다. 그것이 윤후의 눈동자를 보고 폭발했다. 흘끗 올려다보는 시선은 분명 반항이었다. 민광배는 조절하지 못하고 발을 들어 아들의 얼굴을 무참히 밟아 버렸다. 퍽, 소리와 함께 머리가 땅바닥에 부딪는 소리가 들렸다. 어지러운지 윤후는 금방 눈을 뜨지 못한 채 새우처럼 허리를 굽혔다.

"차라리 날 죽여! 날 때리라고. 윤후한테 그러지 말고!"

윤숙이 울고불고, 작은 주먹으로 민광배의 등과 어깨를 때리며 원망을 퍼부어 댔지만 그런 소리는 하나도 들리지 않았다.

"작은아버지한테 전화해 놓을 테니까 중국에 가. 가서 학교를 다니든 미친 새끼가 되던 네 맘대로 해."

"눈앞에서 사라지라는 거지."

쓰러져 있던 윤후가 정신이 들었는지 픽, 웃으며 상체를 일으켰다. 그 웃음은 마치 땅에 침을 뱉는 것과 다를 바가 없어서 다시 한번 민광배의 신경을 긁었다.

"그래, 사라져. 그게 서로 편하겠다."

민광배는 구겨진 옷을 툭 털며 아들을 지나쳐 현관 밖으로 나갔다. 하지만 정작 그는 어디로 가야 할지 알 수가 없었다. 자식이 자신의 인생에서 차라리 사라져 버렸으면 좋겠다는 이 마음을 어디다 털어놓을 수 있을까.

“경찰이 이래도 돼?”

문을 닫을 때쯤 윤숙의 목소리가 들려왔다. 이어서 다시 발광하듯 “씨발!”하며 악성을 질러댔다. 민광배는 그저 문을 부서지라 닫아버렸다.

****

도로변에는 이미 주차한 차들로 빼곡했다. 몇 바퀴를 돌아 다행히 한 자리를 차지해 주차를 마친 민광배의 얼굴은 잔뜩 구겨져 있었다.

“낯간지럽게 남자들끼리 무슨 카페야. 담배나 한 대 피우지.”

“요즘 너 방화 살인사건 때문에 골치 아프다고 이 형님이 한숨 좀 돌리게 해주려는 거야. 고마워하지는 못할망정.”

현재욱이 퉁을 주며 조수석의 문을 열고 먼저 차에서 내렸다. 허벅지 위에 올려 두었던 포스터들이 우르르 떨어져 내렸다. 쯧쯧, 하고 민광배의 혀 차는 소리가 들렸다.

“으씨, 먼저 들어가 커피 주문해 놓고 있어. 나는 아메리카노.”

민광배가 무뚝뚝하게 알았다고 대답하고는 카페로 올라갔다. 현재욱은 다리를 굽혀 포스터를 정리했다. 오전에 경찰청에 들어갔다가 홍보팀장을 우연히 만나 받은 포스터였다. 경찰서 민원실에 전해주라는 부탁을 받았다. 펼쳐 보니 무허가 총기류 자진신고 기간에 관한 안내 포스터였다. 점심을 먹었다며 한사코 거절하는 민광배의 차를 얻어 타면서 허벅지 위에 올려 둔 것을 잊고 있었다.

"묶어 놓을 끈이라도 있으면 좋을 텐데."

현재욱은 민광배의 차 글러브 박스를 열어 보았지만, 철이 지난 보험 서류들만 꾸깃꾸깃 들어있을 뿐 아무것도 없었다. 민광배한테 기대할 게 아니었다고 생각하면서 현재욱은 조수석의 문을 닫았다. 카페로 몸을 돌리려다가 뒷좌석에 던져 놓은 재킷이 생각났다. 그 안에 지갑이 있다. 자신이 산다고 했으니 결제를 해야 한다. 먼저 들어간 민광배를 떠올리며 카페가 선불제가 아니었으면 좋겠다고 생각하면서도, 요즘 선불제가 아닌 카페가 어디 있나 하는 생각이 들었다. 일부러 불러내 커피를 사게 한다고 민광배에게 또 한 소리 들을 것 같았다. 먼저 계산을 했다고 하면 현금이라도 줘야겠다고 생각하며 뒷자리 문을 열었다.

"쥐새끼 같은 놈."

카페 안으로 들어서자 민광배가 눈을 가늘게 뜨고 현재욱을 노려보고 있었다. 역시나, 카페는 선불제였다. 민광배가 앉은 테이블 앞에 영수증과 진동벨이 놓여 있었다.

"현금 줄게 인마!"

현재욱은 웃으며 민광배의 맞은편에 앉았다.

“됐다 인마.”

현재욱의 말투를 따라 하며 민광배가 장난스럽게 말했지만, 표정은 별로 좋지 않았다. 역시나 요즘 일 때문에 머리가 많이 아픈 것이다.

“아 참, 나 고무줄 좀 썼다.”

돌돌 만 포스터를 고정한 고무줄을 가리키며 현재욱이 말했다. 뒷좌석에 실어둔 재킷을 꺼내려다 바닥에 버려진 고무줄을 발견했다. 자기 차에 떨어져 있었는지도 몰랐는지 민광배가 어리둥절한 얼굴을 했다.

“차에 떨어져 있던데.”

“그래? 뭐, 얼마든지.”

“윤후는 잘 있지?”

“뭐…… 그냥저냥.”

현재욱과는 12년 전 같은 경찰서 형사팀에 배치되면서 만났다. 배치 일 년 뒤 현재욱이 지방으로 발령받으면서 만나지 못했지만, 최근 민광배가 근무하는 마포경찰서의 형사2팀으로 배치되어 오면서 다시 친분을 이어가고 있었다. 동갑이고 말도 잘 통하는 편이라 쉬는 날이 맞을 때면 술자리도 자주 가졌다. 그만큼 서로의 가정사에 대해서도 나름 알고 있다. 현재욱은 민광배가 아들 때문에 고민이 많은 것을 알고 있었다. 머릿속에 윤후를 떠올리자 민광배의 기분이 더 가라앉았다.

“유학 보내려고.”

"갑자기 왜? 윤후도 동의한 거야?"

"동의가 뭐 필요 있어?"

고집스럽게 말하는 민광배의 얼굴을 보며 현재욱은 고개를 갸웃했다. 그 시선을 의식해서인지 민광배는 얼른 표정을 바꾸며 일어섰다.

"화장실 좀."

현재욱은 고개를 끄덕거렸다. 궁금한 건 많지만 묻지 않았다. 민광배가 그 화제에 관해서는 피하고 싶은 것 같아서였다. 예전에는 서로 말하지 못할 것이 없었다. 그래도 말하지 못하는 속은 오죽할까 싶어 깊게 묻지 않았다. 윤숙과의 사이가 좋지 못한 것 정도는 느낌으로 알고 있다.

민광배가 화장실로 들어간 후 현재욱이 창밖으로 시선을 던질 때, 테이블 위에서 핸드폰이 울었다. 민광배의 핸드폰이었다. 현재욱은 반사적으로 핸드폰을 내려다보았다. 환하게 켜진 핸드폰 액정 화면 속에 무지개 깃발 앞에서 환하게 웃고 있는 화려한 차림의 여성 사진과 '최윤숙'이라는 이름이 보였다.

핸드폰을 내려다보는데 불쑥 손 하나가 끼어들었다. 현재욱이 깜짝 놀라며 고쳐 앉았다. 갑자기 튀어나온 손의 주인은 민광배였다. 그는 아무런 표정 변화 없이 핸드폰을 집어 들더니 쓱, 손가락으로 화면을 훑었다. 수신 거절을 한 모양이었다. 그는 수신음이 멎은 핸드폰을 주머니에 아무렇게나 집어넣었다.

"아, 미안."

남의 핸드폰을 훔쳐본 것 같은 기분이 들어 현재욱은 자기도 모르게 사과했다. 민광배가 대답 없이 자리에 앉자, 현재욱은 머쓱해져서 그냥 미안한 듯 웃었다. 평소 같았으면 왜 까칠하게 구냐고 한마디 했겠지만, 오늘은 그저 조용히 있을 수밖에 없었다. 그가 요즘 사적으로는 아들 문제, 공적으로는 망원동 화재 살인사건 때문에 골치 아픈 것을 알고 있기 때문이다.

"사건 때문에 힘들어서 그런가, 얼굴이 많이 상했네. 피해자는? 치아 기록으로 확인된 것 같던데."

꽤 심하게 불탄 시신이라 유전자 확인에 시일이 걸린다고 했다. 시신의 치아 상태를 공문으로 작성해 서울 지역의 치과에 모두 돌렸다. 연락이 온 것은 세민동의 한 치과였다. 즉각 환자의 정보를 조회했다. 이미 실종 신고가 된 여학생이었다.

"어. 세민여고 2학년생."

"자네 아들이랑 동갑이네."

"그래서 마음이 안 좋아."

민광배가 어두운 얼굴을 했다. 그 사이 진동벨이 울었다. 현재욱이 일어나 카운터로 갔다. 카페 주인이 내놓은 쟁반 위의 커피를 확인하며 말했다.

"요 앞 폐창고에서 화재 사건 난 거 아시죠? 저 친구가 그 사건 담당인데 요즘 골치 좀 썩어서……."

"아, 네."

주인이 고개를 끄덕였다. 화재 당일부터 뉴스가 계속 보도되어서 모르려야 모를 수가 없는 사건이었다. 같은 망원동이라 오는 손님마다 그 이야기를 꺼낸다.

"혹시 목격했다는 사람이라도 있으면 연락 주세요."

"당연하죠."

고맙다고 인사하며 현재욱이 쟁반을 집어 들었다. 걸어오는 그를 보며 민광배는 쓸데없는 소리 한다는 듯 살짝 눈을 흘겼다. 하지만 현재욱은 기죽지 않았다. 어깨를 으쓱하고는 자리에 앉으며 상체를 기울였다.

"때로는 동네 사람들 입소문이 사건의 열쇠가 된다, 모르냐."

민광배는 고개를 절레절레 저었다. 입소문에 의지하면 수사에 혼선만 있다. 요즘에는 자신들이 추리하느니 마니, 하고 자기 마음대로 떠들어 대는 녀석들이 있어서 더욱 골치가 아프다. 사건이 보도되면 그 기사만 보고도 '범인은 ○○이다'라고 지목해 제보하는 사람들까지 있다. 인터넷 뉴스의 기사 댓글들은 더 가관이다.

"그래서, 지금 그 녀석은 전혀 자백하지 않는 거야?"

다시 화재 사건으로 이야기가 돌아오자 민광배는 떨떠름한 표정을 지었다.

"응. 계속 자기는 불만 냈다고 해. 피해자는 알지도 못한다고."

"정말로 그 녀석이 안 죽인 거 아냐?"

현재욱의 말에 민광배가 인상을 썼다.

"그 새끼가 아니면 누구라는 거야?"

목소리가 날카롭게 나왔다. 현재욱은 살짝 상체를 뒤로 물렸다.

크게 말실수를 한 것까지는 아니지만 경찰서장 대국민 사과 건으로 예민한 것을 간과했다. 현재욱은 진정하라는 듯 손을 들어 보였다.

"아니, 내 말은 혹시 그 녀석이 불을 내러 들어갔을 때 이미 시신이 있었던 게 아니냐는 거야."

"나도 그 생각은 안 했던 게 아닌데, 그 새끼가 그건 아니래. 현장에도 데려갔었는데 시신이 발견된 장소에는 아무것도 없었다는 거야."

"그 녀석이 죽였다면 차라리 원래부터 시신이 있었다고 하는 게 더 유리한 거 아냐?"

민광배는 이를 갈았다.

"일부러 수사에 혼선을 주려는 거야. 이미 그 자식이 휘발유를 구입하는 시시티브이 영상까지 확보했어. 그리고 현장에도 그 녀석 이외에는 아무도 들어가지 않는 걸 확인했고."

"아무도?"

현재욱이 눈을 커다랗게 떴다. 고개를 끄덕이는 민광배의 얼굴이 어두웠다. 바로 그것이 문제라는 듯이.

"피해자가 들어가는 시시티브이가 안 나왔어. 죽여서 데리고 들어갔다면 시신을 어딘가에 담아 날랐을 텐데, 휘발유만 사서 들어가는 영상뿐이야."

"그럼 어떻게 된 거라는 거야?"

"그게 문제긴 한데, 시시티브이 사각지대도 있고 하니 찍히지 않는 게 완전히 불가능한 건 아냐. 재판까지 가도 그 녀석 말고는 범인이 없어."

현재욱 역시 현재 용의자 말고는 다른 범인이 없다고 생각했다. 아마도 머지않은 시간 내에 기소 의견으로 사건이 검찰로 송치될 것이다. 무엇보다 담당 형사를 비롯해 과장부터 경찰서장까지 지켜보고 있는 사건이었다. 용의자가 고등학생 신분이기에 지켜보고 있는 눈도 많다. 민광배의 부담이 적지 않을 것 같았다. 그런 현재욱의 생각을 고스란히 담아내듯 민광배가 눈을 번뜩이며 중얼댔다.

"그놈이어야만 해. 반드시."

****

그날 저녁 현재욱이 퇴근해 집으로 들어왔을 때, 소윤은 화장실 안 거울 앞에서 입을 쩍 벌리고 있었다. 쩍 벌린 입안으로 손가락을 넣고는 잔뜩 까뒤집은 눈으로 시선만 흘깃 현재욱에게 주었다. 얼굴이 흉측했다.

"뭐해?"

현재욱이 인상을 쓰고 물은 뒤에야 딸 소윤이 입속에서 손가락을 뺐다.

"입 안쪽이 아파. 뭐가 잘못된 건지 보려고 하는데 잘 안 보여."

소윤은 현재욱의 바로 앞에 와서 입을 아, 하고 벌렸다. 키가 160센티미터가 채 되지 않는 소윤이 현재욱의 앞에서 발꿈치를 들고 서서 애를 쓰는 모습에 그는 풋, 하고 웃어버렸다. 바동거리는 딸의 모습이 귀여웠다. 현재욱은 딸의 작은 턱을 잡고는 조심스레 안을 들여다보았다. 잔뜩 당겨 교정해둔 아랫니가 보이기는 하지만 무엇이 잘못된 건지 그로서는 알 수가 없었다.

"내일 병원에 가봐."

"혓바닥도 다 갈라졌어."

소윤이 울상을 지었다. 속상하지만 자신도 해줄 수 있는 것은 없다.

"그러니까 자꾸 혓바닥으로 건드리지 마."

"신경 쓰지 않으려고 해도 자꾸만 혓바닥으로 훑어보게 되는 걸."

"자꾸 혓바닥이 움직이려고 해도 두 주먹 꾹 쥐고 참아보란 말이야."

현재욱이 두 주먹을 불끈 쥐고는 장난스럽게 몸을 부르르 떨어 보였다. 소윤이 눈을 흘겼다. 현재욱이 웃자 해사하게 따라 웃는 모습이 예뻤다. 문득 민광배의 아들 녀석이 떠올랐다. 소윤은 아직 중학생이었다. 이 녀석도 고등학생이 되면 그렇게 속을 썩일까 싶었다.

"아빠 짜증 나."

작은 주먹으로 현재욱의 가슴을 툭 친 소윤은 울상을 지으며 입을 다물고 턱을 어루만졌다. 아랫니 교정 6개월째. 소윤은 어제도 치과에 다녀왔다. 아동일 때는 교정기만 끼우는 것으로도 충분하다는데, 이미 잘못된 방향으로 성장이 끝난 딸의 삐뚤빼뚤한 치아는 조금씩 움직여 자리를 잡으면 또다시 움직여서 자리를 잡는 일을 반복해야 한다고 했다. 덕분에 교정에 드는 시간은 이삼년 정도. 익숙해질 법하면 또 치아를 강제로 움직여 자리를 잡으니 통증이 유발될 수밖에 없다. 이때 자리를 잡아놓은 치아가 움직일까 입안에서 치아교정용 도구로 당겨 고정해놓기 때문에 한동안은 턱까지 뻐근하다고 호소했다. 현재욱은 미리 해줬어야 하는데 못해줘서 미안하다고 말하려다 속으로 삼켰다.

"그래도 덕분에 다이어트가 되고 있어."

"왜?"

"씹어 먹는 게 힘들어서 강제 다이어트가 되잖아."

"기뻐해야 하는 일이야?"

"기뻐하면 가만 안 두겠어."

현재욱은 웃으며 안방으로 들어갔다. 간호사였던 아내는 3년 전 암으로 사망했다. 위암이었다. 출퇴근이 일정치 않은 형사 아빠만 남은 덕에 소윤은 웬만한 것은 스스로 하는 편이었다. 간단한 요리를 해서 저녁상을 차리거나 슈퍼에서 소시지 같은 것을 사다 도시락 싸는 정도는 충분히 한다. 민광배가 아들에 관해 얘기할 때면 얼마나 속을 썩을까 싶어 속상하기도 하지만, 사실 속으로는 자신의 딸이 자랑스러웠다.

집에서 입는 가벼운 옷으로 갈아입고 거실로 나가니 또 소윤이 화장실에 들어가 입을 벌리고 있었다. 이번에는 그냥 들여다보는 정도가 아니라 아예 입안에 손가락을 넣고 뭔가를 하고 있었다.

"그게 뭐야?"

"엥라스힉."

입을 벌린 채로 발음해 무슨 소리인지 알아들을 수가 없었다. 가만히 서서 보자니 소윤이 입안에 있던 뭔가를 쏙 빼며 말했다.

"엘라스틱. 이게 엘라스틱이라고. 치아 당겨서 고정해 놓는 거. 지난번에 말해줬잖아."

그걸 보는 현재욱의 등줄기에 소름이 돋았다. 그는 멍하니 딸에게 말했다.

"오늘 저녁은 너 혼자 먹어야 할 것 같다."

****

그로부터 이틀 후의 출근길이었다. 비번이었던 전날, 아들 윤후는 민광배의 눈에 단 한 번도 띄지 않았다. 아내 윤숙에게도 윤후가 어디 갔는지 묻지 않았다. 눈에 띄지 않는 것에 차라리 안도감이 들었다. 아들이 자신의 인생에 없다는 것이 상상조차 되지 않는 시절도 있었는데, 이제는 아들이 없어야 안도감이 든다. 어쩔 수 없이 쓸쓸한 기분이 따라붙었다.

경찰서에 들어서면서부터 뭔가 이상한 기류를 느꼈다. 경찰서 입구에 서 있던 의경은 여느 날과 다름없이 경례를 했고, 그가 항상 주차를 하는 주차장 제일 안쪽 라인에 차를 세웠고, 평소처럼 1층으로 들어가는 동안 낯이 익은 인물들과 인사를 했음에도 사무실로 들어가는 그의 몸에는 어느새 불길한 예감이 덕지덕지 묻어 있었다.

뭐가 다를까, 생각해보니 그것의 정체는 시선이었다. 뭐라고 딱히 말할 수 없는 다른 시선. 자신을 훑어보는 듯한 시선. 형사팀의 출입문을 열면서 민광배는 왠지 들어가면 안 될 것 같은 기분을 느꼈다. 형사가 되고 나서 처음 있는 일이었다.

문을 연 순간 민광배를 기다리고 있던 그와 눈이 마주쳤다. 현재욱이었다. 그는 상담 테이블에 앉아 문이 열리자 이쪽을 돌아보았다. 더없이 긴장된 현재욱의 얼굴을 보면서 아침부터 느꼈던 불안감이 폭발하는 것을 느꼈다. 민광배의 얼굴을 물끄러미 보고 있는 것은 현재욱만이 아니었다. 평소라면 가볍게 아침 인사를 주고받았을 형사과장과 다른 팀원들 역시 현재욱처럼 그를 응시하고 있었다. 당혹, 불쾌감, 안쓰러움, 경멸의 색이 각자의 얼굴마다 다르게 물들어 있었다.

정적을 참지 못하고 민광배가 장난스럽게 말했다.

"2팀 녀석이 왜 아침부터 남의 나와바리 점령이야?"

평소대로라면 현재욱이 응수해 왔을 테지만 그는 아무런 말도 하지 않았다. 다만 와서 앉으라는 듯이 손으로 자신의 맞은편 의자를 가리켰다. 가슴에 피어오르는 불안감을 억누르며 민광배는 왜 그러는지 도저히 모르겠다는 얼굴로 의자에 앉았다. 그가 자리에 앉자 현재욱이 캔 음료를 내밀었다. 왜 그러는지 묻고 싶었지만 음료수를 마셔야 이야기를 하겠다는 듯 현재욱은 자신을 보고만 있었다. 왼손으로 캔을 따 한 모금 마셨다. 음료는 시원했지만 이상하게 맛이 느껴지지 않았다. 돌아서 있는 형사과장의 등이 보였다. 평소대로라면 아침부터 바삐 돌아가고 있을 형사1팀이 멈춰 있었다.

"망원동 화재 살인사건, 오늘부로 형사2팀으로 이관됐어."

그 말을 듣는 순간 온몸의 피가 한순간에 밀려 내려가는 것을 느꼈다. 다리 어딘가에 커다란 구멍이 뚫려 있어 그쪽으로 모든 피가 빠져나가는 것 같았다. 추운 듯했고, 손이 떨리는 것도 같았는데, 허벅지의 바지를 꾹 움켜잡았을 뿐 실제로는 떨고 있지 않았다. 그는 애써 입을 열었다.

"왜…… 남의 밥그릇을 넘보고 난리야. 금방 해결되는데."

현재욱이 서류 한 장을 내밀었다.

압수수색영장이었다.

"민광배 형사. 지금 이 시간부로 개인 차량 및 공무 차량은 압수수색 대상입니다."

벼락을 맞은 듯 민광배가 벌떡 일어섰다. 그 바람에 민원인용 철제 의자가 뒤로 넘어가며 굉음을 냈다. 민광배의 시선이 곧장 창밖으로 향했다. 1층 형사팀 사무실 창으로 보이는 주차장에서 국과수와 2팀 형사들이 이미 그의 차량을 감싸고 있었다.

떨리는 시선으로 민광배가 현재욱을 바라보자, 그는 천천히 일어나 넘어져 있는 철제 의자를 바로 세웠다. 그리고는 앉으라는 듯 민광배의 어깨에 손을 얹었다. 하지만 민광배는 고개를 숙이고 뭔가 깊은 생각에 빠졌다.

그는 알고 있었다. 국과수의 감식 결과 저 차 안에서 무엇이 발견될지를.

포기한 듯 민광배가 선 채로 나직하게 말했다.

"내가 죽였어."

모두의 시선이 그에게로 쏠렸다. 민광배는 모든 것을 인정할 작정이었다. 말끝에 잠시 숨을 몰아쉬는 동안 머릿속에서는 이십여 년의 형사 생활이 스쳐 지나갔다. 자신의 인생이 이렇게 끝나버린다. 하지만 돌이킬 수 없고 돌이킬 생각도 없다. 그는 자세한 이야기를 하기 위해 입을 열었다. 그러나 현재욱이 그의 말을 가로챘다.

"아니. 네 혐의는 시신 훼손 및 유기, 그리고 범인 은닉이야."

민광배는 자기도 모르게 한 걸음 뒤로 물러났다. 도망치고 싶은 그의 욕구를 옭아매는 것처럼 현재욱의 말이 이어졌다.

"살인에 대한 진범 최윤숙, 자네 와이프는 이미 체포됐어."

오늘 아들이 어디를 갔는지 민광배는 알지 못한다. 제 엄마가 어떤 사람인지 알게 되면 윤후는 어떻게 변할까. 그는 두렵다. 하루라도 빨리 아들을 유학 보냈어야 했다. 민광배는 그 자리에 주저

앉아 버렸다.

****

처음부터 아내는 그와의 관계를 힘들어했다. 신혼여행 첫날밤을 민광배는 기억한다. 마치 통나무를 안는 느낌. 하지만 긴장한 탓이라고 생각했다. 중매로 만나 열렬한 사랑을 한 것은 아니지만, 나름대로 뭔가 통한다고 그는 생각했었다. 하지만 아내는 서서히 그와의 부부 관계를 멀리하려 했다. 처음엔 몸이 아프다든가 하는 핑계를 댔지만, 나중에는 안 되겠다 싶었는지 얘기해왔다. 섹스리스로 살고 싶다고.

몇 번 설득하려 했지만 잘되지 않았고, 그 과정에서 민광배는 자신이 섹스에 환장한 짐승 취급을 받는 기분이 들었다. 그나마 허니문 베이비로 태어난 윤후가 있어 이 결혼에 대한 회의감을 참아낼 수 있었다. 그런데 3년 전 민광배는 진짜 아내의 모습과 맞닥트렸다.

여름이었다. 무척이나 더웠던 해로 기억한다. 당시 살고 있던 아파트는 사건이 벌어지면서 분위기가 뒤숭숭했다. 피해자는 여중생이었다. 귀가하여 아무 생각 없이 냉장고에 있던 음료수를 마셨고, 한 시간이 채 되기도 전 잠에 빠져들었다. 여중생이 깨어난 것은 그로부터 장장 여덟 시간이 지난 뒤였다. 눈을 떴을 때

여중생은 나체 상태였고 음부에 이상한 감각이 있었다. 성폭행을 의심할 수 있었다. 나중에 성분 검사를 해보니 음료수 안에는 상당량의 수면제가 들어있었다.

곧장 검사에 들어갔다. 약간의 상처는 있었지만 정액 반응은 나오지 않았다. 질 내부의 상태로 보아 적어도 삽입까지 이루어지지 않았다는 판단을 받았다. 피해자의 유두를 물어 상처가 있었지만 타액은 검출되지 않았다. 피해자의 몸을 닦아낸 것이다. 그런 사정을 근거로 성불능자의 범행일 가능성이 대두됐다.

범행을 저지르고 피해자의 몸을 꼼꼼히 닦는 대담성으로 볼 때 가해자는 아이의 부모가 몇 시에 들어오는지 이미 알고 있는 듯했다. 이 아파트의 거주자일 가능성과 피해자와 아는 사이일 가능성을 두고 조사했지만 용의자를 좁히지도 못한 채 시간만 흘렀다. 아파트에는 더워도 문을 잘 닫고 생활하라는 안내문이 붙었다.

"당신도 조심해. 더워도 문 잘 잠그고."

아마 그날 아침 민광배는 윤숙에게 그렇게 말했던 것 같다. 아내의 표정이 어땠더라? 그는 기억이 잘 나지 않았다. 어쩌면 웃었는지도 모르겠다.

민광배는 그놈을 잡는 데에 심혈을 기울였다. 시간이 지날수록 미제로 남을 가능성이 커지면서 형사과장은 새로운 사건으로 넘어가라고 했지만, 그는 쉽사리 이 사건을 놓지 못했다. 어떤 놈이 감히 내 동네에서 이런 일을 벌여, 하는 자존심도 있었지만 피해자는 아들 또래의 아이였다. 딸은 없었지만 자식을 가진 입장에서 민광배는 그놈을 용서할 수 없었다. 아내의 서랍에서 수면제를 발견한 것은 우연이었다.

"당신 수면제 먹어?"

"가끔 잠이 안 와서."

조금의 지체도 없이 아내가 대답했고, 그는 수면 장애일 수 있으니 병원에 가보라고 말했다. 걱정돼서라기보다는 의례적인 인사치레였다. 잠이 안 오는 것은 누구에게나 다 있는 일이니까. 그래서 대수롭지 않게 여겼다. 피해자의 몸에서 나온 수면제 성분과 같은 것이라는 것도 그다지 마음에 걸리지 않았다.

출근길에 민광배는 아파트 주차장에서 멈칫했다. 주머니를 더듬거리는 그의 얼굴에 낭패의 기색이 스쳤다. 자동차 열쇠를 가지고 내려오지 않은 것이다. 나이가 들면서 깜박거리는 일이 잦다. 용의자 리스트를 한 번 쓱 보기만 해도 줄줄 외우던 시절도 있었는데.

씁쓸해하며 윤숙에게 전화를 걸었다. 다시 올라가기가 귀찮았다. 베란다에서 열쇠를 던져주면 받을 수 있을 것 같았다. 한참 신호가 울렸지만 아내는 전화를 받지 않았다. 어쩔 수 없이 엘리베이터를 타고 올라갔다. 엘리베이터의 문이 열리는 순간 눈앞을 지나쳐 가는 사람이 있었다. 윤숙이었다.

"어, 당신……."

그러나 그의 목소리를 듣지 못했는지 윤숙은 곧장 비상계단의 방화문을 열고 아래쪽으로 내려갔다. 민광배는 그녀의 뒤를 따랐다. 왠지 그래야 할 것 같았다. 지금 와서 생각해보면 형사의 본능이었던 것 같다.

계단으로 내려간 윤숙은 2층에서 더 내려가지 않고 다시 방화문을 열어 복도로 들어갔다. 2층에 아는 사람이 있던가, 하는 생각이 들었다. 그러나 아내의 걸음걸이는 아는 사람의 집에 놀러 가는 것이 아니었다. 주변을 둘러보며 2층 복도를 천천히 걸었다. 딱 한 군데 문이 열려 있는 집이 있었다. 윤숙은 그 앞에서 집 안을 기웃거렸다. 그녀는 다시 한번 주변을 둘러보았다. 경계의 빛이 가득했다. 민광배는 자기도 모르게 벽 뒤로 몸을 숨겼다.

주변을 확인한 윤숙이 집 안으로 들어갔다. 민광배는 그 집 현관을 향해 빠르게 걸었다. 안을 들여다본 순간, 그는 둔기로 강하게 얻어맞는 듯한 충격을 받았다.

“여보…….”

윤숙이 남의 집 거실에 놓인 빨래 건조대 앞에서 멍하니 고개를 들었다. 그 손에는 손바닥만 한 여성 팬티가 들려 있었다.

****

좁은 동네였다. 꼬리가 길면 밟힐 것이고 금방 소문이 날 게 뻔했다. 아들 생각이 가장 먼저 났다. 그래서 이사했다. 아내와의 이혼을 고려하지 않은 것은 아니었다. 하지만 가장 감수성이 예민할 사춘기의 아들이 어떻게 받아들일까가 걱정이었다. 자신과는 잘 이야기하지 않는 윤후였지만 윤숙에게는 가끔 속내를 털어놓기도 했다. 그런 아들에게서 엄마를 빼앗으면 더 비뚤어질 것만 같았다.

아니, 솔직히 말하자면 아내의 마음을 돌릴 수 있을 거라고 생각했다. 그때의 민광배에게 아내는 파렴치한 성범죄자가 아니었다. 잠깐 혼란을 겪었을 뿐, 다시 단란한 가정을 이룰 수 있는 사람이라고 생각했다. 아들에게 보이는 모성애만 보아도 그렇다고 생각했다. 윤숙이 동성애자, 성적 쾌락을 채우기 위한 범죄자라면 모성애 같은 건 없지 않을까, 하고 생각했다. 그만큼 무지했다.

더 솔직히는 아무것도 못 본 것으로, 없었던 일로 하고 싶었다. 하지만 자신의 성향과 범죄가 파헤쳐지지 않으면 다행이라고, 윤숙이 그렇게 생각하고 있는 줄은 꿈에도 알지 못했다.

그날은 비번이었다.

며칠간 잠복하며 고생한 끝에 시장통 아리랑치기를 검거한 뒤였고, 내일 출근하지 않아도 된다는 생각에 전날 저녁 일찍 잠이 들었었다. 그런 덕분인지 잠에서 깨었을 때는 새벽 1시 40분쯤이었다. 규칙적이지 않은 생활 습관 때문에 형사들은 흔하게 수면장애를 갖고 있다. 또 이렇게 못 자는 건가, 하는 생각을 하는 찰나 현관문이 여닫히는 소리가 들렸다. 윤후가 들어오는 건가 싶었는데, 나가보니 윤숙이 방에 없었다. 불길함을 느낀 순간 깨달았다. 그동안 아내에 대한 불안감을 자신이 그저 억눌러왔을 뿐이라는 것을.

차를 타고 한 바퀴 돌다 어느 골목에서 튀어나오는 윤숙을 봤다. 뭐에 정신이 팔렸는지 남편의 차를 알아보지 못했다. 무슨 일인가 싶어 차를 대고 골목 안으로 들어갔다.

여학생이 있었다. 치마가 위로 들린 상태였고, 눈을 허옇게 뜬 채 입을 커다랗게 벌리고 있었다. 목이 졸린 흔적이 있었고 이미 심장 박동이 멎은 뒤였다.

시시티브이가 없는 것을 확인하고 시신을 차에 실었을 때는 제정신이 아니었다. 거의 반사적인 행동이었다. 감추어야만 한다고 생각했다.

패닉 상태에서 정신없이 시신을 차에 싣고 망원동 쪽으로 무작정 달리다, 김정모를 발견했다. 망원동 일대에서 크고 작게 벌어지는 방화사건의 유력용의자. 그의 손에 들려 있는 것은 휘발유일 가능성이 컸다.

'저놈이다.'

그를 만난 건 천운이었다. 그의 뒤를 좇았다.

역시나, 김정모는 폐창고 안으로 들어가 불을 놓고 도망쳐 나왔다. 민광배는 곧장 안으로 차를 몰고 들어갔다. 휘발유를 부은 데다 폐창고에 남아 있던 인화 물질까지 더해 화재는 생각보다 컸다. 가장 큰 불길 위에 시신을 던지듯 꺼내놓았다. 시신에 불이 붙는 것을 보고는 곧장 차를 끌고 나왔다.

그것이 현직 형사가 화재 사건의 목격자가 된 경위였다.

"자네 와이프가 전부 인정했어."

민광배는 입을 꾹 다문 채 바닥 어딘가를 고집스럽게 응시하고 있었다. 현재욱의 말로 체포된 윤숙이 이 경찰서 어딘가에서 조사를 받고 있음을 깨달았을 텐데도 자세한 이야기를 묻지 않았다. 그래서 현재욱이 대신 말해주었다.

"시체가 왜 망원동 창고로 옮겨갔는지, 왜 김정모가 살인범이 되었는지 의아해서 항상 불안했대. 근데 네가 덮으려고 일을 꾸민 건 상상치도 못했다고 놀라더라."

화재 뉴스를 정신없이 보던 윤숙이 떠올랐다.

"어떻게 알았어?"

그녀의 이야기를 듣고 싶지 않아 민광배가 말을 돌렸다. 처음부터 김정모가 시신을 끌고 들어가는 시시티브이가 없었다. 하지만 자신이 목격자가 됐고, 시시티브이에는 사각지대라는 것도 있어 유리했다. 또 김정모가 방화를 저지른 것은 확실했고, 그 안에서 시신이 나왔으니 그가 용의자가 되는 것도 어려운 일이 아니었다. 그래서 시신을 어떻게, 왜 가져갔는가에만 형사들이 몰두할 거라고 민광배는 예상했다. 게다가 예비 신부 살해사건의 여파로 형사과장은 이미 체포한 김정모의 범행으로 이 방화 살인사건을 마무리하는 데 혈안이 되어 있었다.

"소윤이."

현재욱의 대답에 민광배가 의아한 눈을 했다. 여기서 왜 현재욱의 딸 소윤의 이야기가 나오느냐는 표정이었다. 현재욱은 대답 대신 포스터를 들어 보였다. 지난번 카페에서 만날 때 경찰청 홍보

팀장의 심부름으로 받아왔다던 포스터였다. 포스터는 여전히 둘둘 말아 고무줄로 고정된 채였다. 이 포스터가 어떻게 알았냐는 질문에 어떤 대답이 되는 건지 모르겠다는 듯 민광배는 아무런 말 없이 포스터를 응시했다. 현재욱은 검지로 정확히 가리켰다. 검지의 끝이 가리킨 곳은 포스터를 고정한 고무줄이었다.

"이거, 단순한 고무줄이 아니라는 걸 몰랐겠지."

엊그제 저녁 현재욱은 형사1팀장에게 전화를 걸어 물었다. 피해자의 치과 기록으로 신원 확인을 했다는데 어떤 기록이었느냐고. 그래서 독특한 치아 모양이라 치과를 통해 확인했다고 알려주었다. 피해자는 일주일에 한 번씩 치아 교정을 하고 있었다.

"소윤이가 요즘 교정 중이거든. 이 고무줄, 교정한 치아를 당기는 고무줄이래. 정확한 명칭은 엘라스틱. 치아 상태마다 고무줄 굵기나 텐션이 달라. 여러 종류가 있지. 이게 피해자가 사용하는 것과 동일하다는 걸 확인했어. 물론 고무줄에서 피해자의 유전자도 검출됐고."

생각지도 못한 곳에서 덜미를 잡혔다는 뜻일까. 아니면 단순히 넘어간 곳에서 덜미를 잡혔다고 생각해서일까. 민광배의 어깨가 축 늘어졌다. 그는 초점 없는 시선으로 멍하니 말했다.

"그렇다면 범인을 나라고 생각할 수도 있었을 텐데."

현재욱은 조용히 고개를 저었다.

"네가 범인일 수는 없어. 알 텐데?"

그는 서류를 내밀어 한 지점을 가리켰다. 사인이 경부 압박성 질식사라는 결과와 함께 그 근거가 적힌 부분이었다. 목을 조를 때 양쪽 엄지손톱 때문에 생긴 근육의 상처.

현재욱의 시선이 민광배의 오른손으로 향했다. 민광배는 자신도 모르게 얼른 그 손을 테이블 아래로 숨겼다.

민광배의 오른손은 엄지부터 중지까지 손톱이 없다.

신임 형사 시절 호기롭게 달려들다가 용의자가 억지로 닫던 문에 짓이겨져 손톱을 제거했다. 그 뒤로 다시 나오지 않아서 그대로 살 수밖에 없었다. 처음엔 불편하고 아팠으나 점점 굳은살이 생겨 그다지 불편함 같은 것은 없었다. 음료수 캔도 왼손으로 따면 되니까.

민광배는 멍하니, 눈앞에 놓인 음료수 캔을 보았다.

그래서 그는 피해자의 목에 양손 엄지손톱 상처를 낼 수 있는 범인이 될 수 없었던 것이다.

"넌 몰랐겠지만 다른 형사들은 사실 좀 의심하고 있었어. 형사가 목격자인 상황이 우연이라고 하기엔 너무 걸리는 게 많았거든. 게다가 창고 안으로 차를 몰고 들어갔다는 상황만으로도 의심을 사기에 충분했지. 그런데 시신에 남은 상태를 보면 넌 절대 범인일 수가 없었어."

그래서 다음으로는 민광배의 아들 민윤후에게로 시선이 옮겨갔다. 하지만 사건이 있던 그날 윤후는 친구들과 밤새 홍대 클럽에 있었다. 아는 선배의 신분증을 이용해 들어가 밤새 춤을 추고 여자들을 기웃거렸다. 그러나 얼굴과 행동에서 어린 티를 지우지 못했다. 매니저는 윤후 일행을 주시하다가 재차 신분 확인을 요구했다. 입구에서보다 신분증 사진과의 비교가 더 정밀하게 진행되었다. 결국 고등학생이라는 것을 확인한 매니저는 윤후 일행을 클럽 밖으로 내쫓았다. 이미 입장을 시킨 데다 술을 마신 뒤였다. 만약 경찰이 알게 된다면 영업정지 처분을 받을 수도 있기에 아이들을 을러 함구시켰다. 그때가 새벽 네 시 반. 사건이 벌어진 뒤였다.

민광배는 아무 말도 하지 못한 채 입을 다물고 현재욱의 말을 듣기만 했다. 할 말이 없었다. 자신의 계획대로 형사들은 '김정모가 어떻게 시체를 옮겼나?'에 몰두하고 있다고 생각했는데, 아니었다. 자신을 향해 의심의 시선이 날아오는 것도, 따로 수사를 진행하고 있다는 것도, 그날 밤 윤후가 클럽에서 그런 일을 벌였다는 것도 알지 못했다. 아니, 집에 없는 것도 알지 못했다. 덕분에 용의자가 되지 않았다니, 아이러니한 일이다.

"그렇다고 팀원들이 금방 사실을 알아낸 건 아니야. 증거를 통해 너도 윤후도 범인일 수 없다는 걸 알았으니, 너의 말을 믿었던 것뿐이지. 네 말대로 아직 밝혀지지 않은 사각지대나 트릭을 통해 김정모가 피해자의 시신을 옮겼을 거라고 말이야. 넌 아무 상관없었었어. 근데 그때 생각이 들더라."

민광배가 고개를 들고 현재욱을 보았다.

"한 명이 더 있다는 것을."

현재욱은 그날 민광배의 핸드폰에 걸려온 윤숙의 전화를 보았다. 발신자의 이름과 함께 그녀가 프로필로 지정해 놓은 사진은 무지갯빛의 깃발이었다. 하지만 사진이 어딘가 어색하다고 생각했다. 민광배가 와서 핸드폰을 가져가는 바람에 더 확인하지 못했지만, 가만히 생각해보니 그 깃발은 일곱 가지 색을 이용한 것이 아니라 남색이 빠진 여섯 개의 색을 이용한 깃발이었다.

사건에 대한 시야가 민광배의 가족으로 좁혀지자 현재욱은 그런 깃발 하나도 그냥 넘겨볼 수 없었다. 바로 검색해보았다. 그것은 뉴욕의 예술가이자 성소수자인 길버트 베이어가 여덟 가지 색으로 처음 만든 이래 여섯 개의 색으로 변모하며 전 세계적으로 성소수자들이 축제 등에서 사용하고 있는 깃발이었다. 우리나라 역시 퀴어 축제에서 사용했었다.

민광배와 윤숙은 각방을 쓰고 있다고 했다. 혹시 윤숙이 동성애자는 아닐까? 그래서 그녀의 당일 행적도 조사해보아야 한다고 생각했다. 성소수자는 당연히 성소수자라는 이유만으로 탄압하거나 핍박해서는 안 된다. 사랑하는 대상만 다를 뿐 평범한 인간이다. 평범한 인간이니까, 범죄자가 나올 수 있다.

용의자의 범주에 단 한 번도 들어가지 않았던 윤숙이 처음으로 수사 선상에 오르는 순간이었다. 그녀의 행적 조사 결과, 사건 이틀 전 피해자가 들어갔던 마트에서 찍힌 영상 속에서 그녀를 발견할 수 있었다. 그녀는 계속 피해자를 흘끗거리고 있었다. 피해자에게 스토커가 있었던 것은 아닐까 하여 확인하였을 때, 시시티브이를 분석했던 경찰관은 주변에 수상한 인물이 없다고 말했다. 내심 범인을 남자로 특정한 탓이었다.

"너 그래서 윤후 유학 보내려고 했던 거지?"

현재욱이 물었지만 민광배는 대답하지 않았다. 그는 아들을 후려치던 그날 아침을 떠올리고 있었다. 남자아이들의 수음은 특별한 일이 아니다. 그러나 그걸 본 순간 눈이 뒤집혔다. 제 엄마를 닮아 성도착증에라도 걸릴까 했던 그의 두려움을 건드렸던 것이다.

현재욱은 절차에 따라 민광배를 시신 훼손 및 유기죄로 체포한다고 다시 한번 알렸다. 민광배는 순순히 양팔을 내밀었다. 차가운 수갑의 감촉을 느끼며, 그는 아들 윤후를 떠올렸다. 아들이 지금 어디에 있는지 민광배는 알지 못했다.

너여야만 해

김재호

*

오늘도 잠이 오지 않는다. 벌써 몇 개월째인지 알 수가 없다. 수면 장애 치료도 받은 적이 있지만, 효과가 없었다. 일은 정상적으로 나가야 해서 수면제를 먹고는 있지만, 내성이 생겨 그런지 지금 먹고 있는 약도 효과는 시원치가 않다. 약을 바꿔야 할지도 모른다.

오늘도 약 기운에 잠이든지 두 시간 만에 깨버리고 말았다. 새벽 3시. 아내가 화장실에 가느라 일어나는 바스락 소리에도 놀라 잠이 깼다. 예감할 수 있었다. 오늘도 이렇게 두어 시간 잔 것이 전부일 거라는 것을. 아마 더는 잠들지 못할 것이었다. 한숨을 깊게 내쉬며 침대 머리맡에 기대어 앉아 마른세수를 했다.

수면 장애 치료나, 수면제에 의지하는 생활도 근본적인 원인이 사라지지 않으면 낫지 않는 것을 알고 있다. 뭘 어떻게 해야 할지 아무런 생각도 나지 않는다. 아내에게 의논해볼 생각 역시 전혀 하지 않았다.

그때 거실 밖에서 어떤 소리가 들렸다. 문이 여닫히는 기계음과 아내의 목소리가 어렴풋이 들려온다 싶은 순간 고함이 들렸다.

"말 안 할래?"

"이거 놔!"

소리를 듣자 이마가 구겨졌다. 심장이 불규칙하게 뛰었다. 가만 있을까 하다가 아랫입술을 꾹 깨물고는 거실로 나갔다.

"무슨 일이야?"

내가 거실로 나가자, 제일 먼저 보인 것은 아들 정모였다. 검은색 바람막이 점퍼의 후드를 눌러쓴 모습이었다. 뭘 하고 왔는지 얼굴이 땀에 젖어 있었다. 분명 지금 바깥에서 들어온 차림새였다. 새벽 3시, 고등학생 아들의 귀가 시간으로 적합하지 않다. 학원? 독서실? 아니, 정모에게는 어울리지 않는 단어였다.

"이제 들어온 거야? 이 새끼가……."

인상을 험악하게 구기며 눈을 희번덕거렸다. 아내 수정이 놀란 얼굴로 나와 정모의 사이를 막았다. 아니, 사이를 막는다기보다 내 잔소리를 차단하려는 것이리라.

"아냐, 아냐. 물 마시러 나왔길래 뭐 좀 물어본 거야."

아내 수정의 거짓말은 말도 안 되는 것이었다. 집 안에서 뭐가 춥다고 점퍼까지 입고 물을 마시러 나왔겠는가. 통하지도 않을 거짓말이었지만, 이제 정모에게 뭔가 잔소리를 하는 것도 지쳐

버렸다. 새벽이니까 내일 얘기하라고 아내가 미는 바람에 차라리 잘됐다 싶어 방으로 들어왔다.

항상 이런 식이었다. 정모는 내가 어떤 식으로 화를 내도 입을 꾹 다문 채 그 자리에 멀뚱히 서 있다. 차라리 다른 아이들처럼 반항을 하든가 아니면 방으로 들어가 버리던가 하지, 그조차도 하지 않았다. 그저 화를 내는 나를 물끄러미 볼 뿐이었다.

못 이기는 척 아내에게 떠밀려 방으로 들어오자 정모의 방에서도 문 닫는 소리가 들렸다.

“뭐 하고 들어왔대?”

“몰라요. 내일 당신이 물어봐요.”

아내의 목소리는 떨리고 있었다. 그녀는 뭔가 짚이는 게 있는 것이다. 아내는 나와 애써 눈을 마주치려 하지 않으며 침대 위로 올라갔다. 그녀는 피곤하다는 듯 이불을 뒤집어쓰고 돌아누웠다. 나도 침대 위로 올라가 누웠다. 잠이 오지 않을 것은 뻔했다. 그래도 눈을 감고 있었다. 한 삼십 분쯤 흘렀을까. 설핏 눈을 들어 옆을 보니 여전히 돌아누워 있는 아내의 등이 딱딱하게 굳어 있었다. 아내도 잠들지 못하는 것이다. 나는 일부러 눈을 감고 조금 큰 숨소리를 내었다. 그제야 옆에서 움직임이 느껴졌다. 내가 잠이 들었는지를 확인하는 것이다. 내가 움직이지 않자, 아내는 침대 옆 보조 테이블에 두었던 핸드폰을 집어 다시 등을 돌리고 누웠다. 그녀가 뭔가를 검색하고 있다. 나는 눈을 떠 그녀의 어깨너머로 그것을 보았다.

[화재, 서울]

그 순간 나는 오늘 밤 잠들지 못하리라고 확신했다.

**

아침에 일어나자 짜증부터 치밀었다. 새벽에 들어온 정모 생각이 났기 때문이다. 그냥 아무것도 모르는 척 넘어가고 싶었지만 내가 안방에서 나오자 아내가 눈치를 슬슬 보고 있었다. 마치, '자, 이제 네 역할을 할 차례야'라고 말하는 듯하다. 잘못을 한 아들에게 화를 내지 않으면 이상한 취급을 받을 것만 같았다.

할 수 없이 정모의 방문 손잡이를 잡아 돌렸다. 노크 따위는 예절이 뭔지 아는 인간에게나 할 수 있는 대접이었다. 하지만 문은 열리지 않았다. 또 문을 잠가 놓은 것이다. 인상이 찌푸려졌다. 불끈 화가 치솟아 문짝을 부숴버리고 싶은 충동이 들었다. 하지만 꾹꾹 숨을 들이마시며 문을 열어보라거나, 대화 좀 하자는 말을 했다. 어차피 안에서는 아무런 대답이 없었지만.

"일어난 것 다 알아! 당장 이 문 안 열어?"

화가 머리끝까지 치밀어 결국 소리를 질렀다. 아내가 순간적으로 베란다 쪽을 보는 것이 보였다. 거기에 누가 있을 리가 없다. 소리가 새어 나가는 것이 싫기 때문이다. 집안이 이 꼴이 되었는데도 남의 시선이나 신경 쓰는 아내가 싫었다.

벽에 붙은 시계를 확인했다. 7시 50분.

"오늘도 학교에 안 갈 생각인 거야. 열쇠 가져와 봐!"

아내가 어쩔 줄 몰라 하며 열쇠를 가지러 갔다. 열쇠는 거실 장식장의 작은 서랍 안에 있었다. 수정이 열쇠를 가지고 오는 동안에도 정모는 문을 열지 않았다. 수정이 가지고 온 열쇠를 받아 잠금을 푼 순간, 초인종 소리가 났다.

반사적으로, 시계를 보았다. 7시 52분.

고개를 돌리자 수정의 눈과 마주쳤다. 수정은 무엇이 두려운지 내 눈치를 보고 있었다. 뭔가 짚이는 것이 있는 건 아닐까 하고 생각했지만, 더 생각할 틈도 없이 일단 인터폰을 확인했다. 두 명의 남자가 서 있었다.

"경찰입니다. 잠시 문 좀 열어주시죠."

인터폰 화면을 통해 한쪽 남자가 경찰 신분증을 내밀어 보였다. 그 순간, '올 게 왔다'라고 느꼈다. 무슨 일인지도 모르면서 그런 생각이 머리를 스쳤던 것이다. 아직 정모는 나오고 있지 않았다. 하지만 방 안에서 이쪽의 상황을 살피고 있을 거라는 생각이 들었다.

문을 열자 사복 차림인 두 명의 형사가 들어왔다.

"김정모 학생 있습니까?"

"무슨 일이십니까?"

"우선 학생을 좀 보죠. 저깁니까?"

가죽 재킷 형사가 신발을 벗고 거실로 올라섰다.

"아니, 잠깐만……."

이야기를 들어보려 했지만 막을 생각은 아니었다. 하지만 가죽 재킷 형사는 이미 방의 문을 열어젖히고 있었다. 역시나 정모는 방문 앞에 서서 바깥의 상황에 귀를 기울이고 있었다.

"김정모 학생? 오늘 새벽 2시에 어디 있었지?"

"그게……."

정모는 대답하지 못했다. 나는 잠깐 어지러움을 느껴 이마에 손을 얹고 눈을 깊게 감았다. 형사가 이런 태도로 질문하는 이유를 짐작하기에 충분했기 때문이었다. 수정이 끼어들어 자신과 같이 있었다는 말도 안 되는 거짓말을 했지만, 형사들 역시 믿지 않았다.

"거짓말하시면 안 됩니다, 어머님. 시시티브이가 있어요. 본 사람도 있고요. 너, 망원동에 있었지?"

입을 꾹 다물고 있던 정모가 고개를 끄덕임과 동시에 아내 수정의 몸이 휘청였다. 다리의 힘이 풀린 것 같았다. 한 손으로 그녀의 손을 잡으며 허리를 감싸 안아 주었다. 턱이 덜덜덜 떨리고 있었다.

"팀장님, 라이터와 검은 점퍼 찾았습니다. 시시티브이와 일치합니다!"

어느새 들어갔는지 항공 점퍼를 입은 형사가 정모의 점퍼를 들고나왔다. 정모가 모든 것을 포기한 듯 고개를 떨구는 모습에 나 역시 모든 것을 알아차렸다. 라이터. 그것은 정모가 가진 또 하나의 이름이었다. 정모는 어릴 때부터 불을 자주 질렀다. 이번에도 또……. 그런 생각을 할 때 가죽 재킷 형사가 다가와 수갑을 채웠다.

"살인 및 현존건조물 방화 혐의로 체포합니다. 당신은 묵비권을……."

"네?"

정모의 눈이 휘둥그레졌다. 정모는 말도 안 된다는 듯 날카롭게 외쳤다.

"살인이라니……. 전 불만 질렀다고요!"

정모가 변명하며 몸을 뒤흔들었지만, 형사들은 아이를 잡아끌고 아파트에서 나갔다. 그 뒤를 따르려는데 수정이 그대로 혼절해 버리고 말았다. 수정을 한 팔에 안으며 나는 멀어져 가는 정모의 뒷모습을 보았다.

살인이라니. 이번에는 나 역시도 예상치 못했던 일이었다.

***

아내인 수정과는 영국으로 가는 비행기 비즈니스석에서 만났다. 나는 자매결연을 맺은 영국의 한 대학교에 교환교수로 가는 길이었다. 내가 돈이 많아 비즈니스석을 탄 것은 아니었다. 나는 이코노미 클래스 증후군이 있었다. 일반석처럼 좁은 좌석에 장시간 앉으면 호흡곤란이 왔다. 그때는 영국의 대학교에서 비즈니스석 티켓을 보내주어 탈 수 있었다.

수정은 그때 여행을 가는 길이었다. 수정은 이코노미석을 예약했는데 무슨 이유였는지는 몰라도 업그레이드되어 운 좋게 비즈니스석을 이용하게 되었다. 수정을 처음 봤을 때 하얀 얼굴에 수수한 옷차림이 마음에 들었다. 비행기가 뜨고 몇 시간 후 기내식이 나왔다. 지금은 그렇지 않겠지만 당시는 같은 비즈니스석에 있어도 무료로 업그레이드된 일반석 예약자에게 이코노미석과 같은 음식이 나왔다. 수정은 아무렇지 않은 듯 기내식 뚜껑을 열었지만, 옆에서 좀 더 맛있는 음식을 먹자니 내가 마음이 편치 않았다. 그래서 식사를 함께하자고 권유했다. 내가 먼저 수정의 음식을 집어 먹으며 분위기를 유도했다. 사실 처음 봤을 때부터 수정에게 호감이 있기도 했다.

가벼운 일상 이야기로 분위기가 부드러워지던 무렵 수정이 혼자 여행 중이라는 것을 알게 되었다. 여자의 몸으로 혼자 여행을 하다니, 보기와는 다르게 강단이 있다는 생각이 들었다. 수정은 한국의 작은 중소기업에서 경리로 일하다가 그만둔 뒤 퇴직금으로 자신이 꿈꿔오던 유럽 여행을 하고 있는 중이었다.

하지만 수정은 여행을 제대로 하지 못했다. 내 기숙사에서 함께 시간을 보냈기 때문이다. 수정의 여행이 끝나 돌아간 뒤, 그녀를 향한 내 그리움은 극에 달했다. 이후 한국으로 돌아왔을 때는 집에서 기다리는 어머니 생각 대신에 수정의 자취방으로 달려가 청혼을 했을 정도였다.

결혼 후 수정이 임신했다는 소식을 들었을 때는 또 얼마나 기뻤는지 모른다. 나와 닮은, 나와 그녀의 유전자를 나눠 받은 아이가 이 세상에 태어난다는 것이 경이로울 지경이었다. 나중에 병원에서 아들임을 알려 주었을 때 나는 많은 꿈을 꾸었다. 아이가 태어나면 함께 야구를 하고, 목욕탕을 가고, 어느 정도 크면 스키도 알려줄 생각이었다. 여자 친구가 생기면 가장 먼저 주의해야 할 점을 가르쳐 주는 멋진 아빠가 될 것이고, 대학을 간 뒤 아들이 술을 마시면 그 자리에 가서 술값을 내주는 멋진 상상도 해보았다.

그렇게 정모가 태어났다. 그때까지만 해도 우리의 앞에는 행복만이 가득할 거라고 생각했다. 적어도 내가 아는 선에서는 그랬다. 행복한 가정에는 아름다울 만큼 선한 아이가 자란다. 그게 당연한 일이라고 생각했다.

불행의 씨앗은 이미 아이가 초등학교를 들어가기 전부터 자라나고 있었다. 그날은 우연히 집에 일찍 들어가게 된 날이었다. 그 당시에는 단독주택에 살고 있었다. 수정이 원한 것이었다. 나무로 만든 문을 열고 정원으로 들어가려는데, 새끼 고양이의 울음소리가 들렸다. 밖에서 들리는 거라고 생각했는데 안으로 들어갈수록 소리가 커졌다. 소리를 따라 집의 뒤뜰로 돌아 들어갔다. 유치원복을 입고 있는 정모가 쪼그리고 앉아 있었다. 아마 새끼 고양이를 발견해 어쩔 줄 몰라 하고 있다고 생각했다.

하지만 아니었다. 정모의 작은 어깨너머로 그것을 본 순간 나는 온몸의 피가 씻겨 내려가는 것만 같았다. 다리가 짓이겨진 작은 고양이가 공포에 질려 울고 있었고, 정모는 터치 라이터를 들고 고양이의 뭉개진 다리에 불을 가져다 댔다가 떼기를 반복하고 있었다. 옆에는 아이의 주먹만 한 돌덩이가 피에 젖은 채 떨어져 있었다.

"지금……, 너 지금 무슨 짓을 하는 거야?"

정모가 돌아보았다. 혼날지도 모른다는 두려움 같은 건 아이의 눈에 없었다. 왜 아빠가 자신에게 화를 내는지 모르겠다는 얼굴로 나를 빤히 볼 뿐이었다. 그날 나는 정모를 붙들고 대체 왜 그런 짓을 벌였는지 다그쳤다. 정모는 뭐가 잘못인지 전혀 모른다는 얼굴로 말했다.

"눈이 마음에 들어서. 날 보고 무서워하는 눈이 예뻐."

그 말에 나도 모르게 아이의 팔을 놓아버리고 말았다. 너무 소름이 끼쳤다.

아내와의 불화가 시작된 것은 그날부터였다. 나는 정모가 하는 짓 하나하나가 전부 소름 끼쳤다. 아이가 정상이 아니라고 말하자, 수정은 말했다. 제정신이 아닌 건 당신이라고. 아이들은 모두 어처구니없는 짓을 저지른다고. 생각해보면 당신도 어렸을 적에 개구리를 못살게 굴고, 곤충채집이라는 것도 하지 않았느냐고. 커서 생각하면 모두 잔인한 일이지만 어릴 때는 그것을 모른다고 말했다.

초등학교 5학년 때 친구들의 가방을 가져와 불태웠던 일에 대해서 수정은 어떻게 생각할까. 그때 수정은 오히려 아이에게 미안해했다. 자신이 시화전에 가지 않아서 아이가 마음을 다친 것이라고 슬퍼했다. 나는 그녀를 위로해 주지 않았다. 학교의 연락을 받고 달려가 아이의 얼굴을 본 즉시 뺨에 손바닥을 날렸다. 주변에 있던 남자 선생들이 내 어깻죽지를 잡고 저지할 정도로 거센 손찌검이었다. 나는 자신의 기분에 빠져 이런 엄청난 일을 아무렇지 않게 저지르는 아이의 버릇을 이번 기회에 뜯어고쳐야 한다고 생각했다. 그러나 그런 내가 마치 아동 학대범이라도 되듯, 수정이 노려보았다. 지금은 아내에게 묻고 싶다. 그때의 일을 후회하지 않느냐고.

가장 기억하기 싫은 일은 정모가 중학교 1학년 때였다. 자신을 향해 으르렁거리는 개를 보고 분노해 개집에 불을 지른 것이었다. 바람 때문에 잘못하면 더 큰불이 될 뻔했다. 정모는 현장에서 집주인에게 잡혔다. 경찰에 신고함과 동시에 집으로 연락이 왔다. 수정과 함께 달려간 그곳은 끔찍했다. 불에 탄 것은 정원 일부와 개집이었지만, 그들이 가족처럼 기르던 개가 시커멓게 그을려 죽어 있었다. 혀를 길게 빼문 개는 몸이 마치 가뭄에 갈라진 논바닥처럼 쩍쩍 갈라져 있었고, 타버린 가죽은 손만 대면 뚝뚝 떨어질 것 같았다. 수정과 함께 고개를 숙였다. 이윽고 온 경찰에게 그 가족은 합의하지 않을 것이라고 버텼고 수정은 열심히 허리를 숙였다. 그때 정모가 내 손을 잡았다. 부모에게 미안해서, 자신이 아무 생각 없이 벌인 일이 이렇게 커져 버려 두려워서 그러는 거라고 생각해 아이의 손을 꼭 잡아주었다. 그러나 아이는 어딘가를 뚫어지라 바라보며 말했다.

"아빠 나 저거 뜯어보고 싶어."

아이의 눈에 묘한 빛이 스쳤다. 아이가 보고 있는 것은 개의 사체였다. 아이는 쩍쩍 갈라진 개의 껍질에 시선이 박혀 있었다. 벼락을 맞듯 온몸에 소름이 돋았다. 나도 모르게 정모의 손을 놓았다. 정모가 어리둥절하게 그를 보고 있다가 환하게 웃었다.

오토바이에 불을 질렀던 때는 완전히 지쳐버렸다. 정모에겐 이미 라이터라는 별명이 붙어 있을 정도였다. 정모와 '팸'이라며 같이 잡힌 아이 하나가 자랑스럽게 말했다. 학교에서는 아무도 정모를 건드리지 않는다고. 쟤는 상또라이라고.

"여기가 어디……."

아내가 눈을 뜨며 소리를 낸 순간 나는 깊은 생각 속에서 빠져나오며 고개를 들었다. 실신한 아내를 구급 차량에 태워 인근 병원 응급실로 데리고 온 것은 네 시간 전이었다. 아내를 검진한 의사는 급격히 받은 스트레스 때문이니 조금 쉬면 된다고 했다. 하도 깨어나지 않아서 물었더니 잠이 든 것이라고 했다. 일부러 깨우지 않았다. 지금 악몽을 꾸고 있는 게 아니라면 깨우지 않는 편이 나을 것 같았다. 현실은 악몽만큼이나 지독할 테니까.

"병원이야. 좀 더 누워 있어도 돼."

내가 그렇게 말하자 아내는 눈을 몇 번 껌벅이더니 놀란 사람처럼 상체를 일으켜 앉았다.

"정모는?"

"경찰에."

"그러면 거기로 가야지, 여기에 있으면 어떻게 해!"

아내가 자신의 손에 있는 링거 줄을 빼려고 했다. 나는 수정의 팔을 낚아채며 소리쳤다.

"지금 간다고 해서 우리가 할 수 있는 게 있을 것 같아? 경찰이 먼저 조사를 해야 만날 수 있다고 했어! 연락이 올 테니 기다려!"

수정이 눈을 크게 떴다. 그녀는 내 말이 믿기지 않는다는 듯한 얼굴이었다.

"당신, 어떻게 그래? 당신이 가봐야지. 할 게 없어도 거기 가 있어야지. 어떻게 된 일인지 알아봐야지! 당신은 정모 아빠잖아!"

그래, 그 말이 맞다. 라이터 김정모의 아빠. 그것이 지독한 현실이었다.

****

정모는 마포경찰서 조사실에서 조사를 받고 있었다. 조금 더 쉬는 것이 좋을 거라는 의사의 말은 들리지 않는다는 듯, 수정은 당장이라도 쓰러질 것처럼 창백한 얼굴로 경찰서 안으로 뛰어 들어갔다. 안으로 들어가자 처음 정모를 연행하러 왔던 형사가 보였다. 수갑을 채웠던 가죽 재킷 형사의 모습은 보이지 않았다. 정모를 조사 중인지도 몰랐다.

"우리 정모, 정모 좀 잠깐 만나볼 수 없을까요?"

“죄송합니다. 조사가 일단락되어야 만나 보실 수 있을 것 같아요. 저희가 연락을 드릴게요.”

“아뇨. 여기서 기다릴게요. 제가 조사하시는 담당 형사님을 만나 뵈어야 해요. 뭔가 오해가 있어요. 저희 애는 절대 사람을 죽일 아이가 아니에요. 그건 엄마인 제가 제일 잘 알아요.”

아내는 당장이라도 무릎을 꿇을 기세로 형사에게 매달렸다. 형사는 주변을 둘러보며 곤혹스러운 표정을 지었다. 말단 형사일 거라는 생각이 들었다. 누군가에게 물어보고 싶은데 물어볼 곳이 마땅치 않다는 표정이었다.

“정모야!”

그때 아내의 찢어지는 듯한 고함이 들려왔다. 아내가 보고 있는 곳에는 가죽 재킷 형사에게 이끌려 지하 계단에서 올라오고 있는 정모가 있었다. 여전히 손목에는 수갑을 차고 있었다. 정모는 제 엄마의 목소리에 고개를 숙이고 있다가 흘러내린 머리카락 사이로 한번 쓱 시선을 주었을 뿐 고개를 들지 않았다.

“어머님, 이러시면 안 됩니다. 유치 후에 잠깐 면회할 수 있게 해드릴게요.”

가죽 재킷 형사의 얼굴에는 짙은 안도의 기색이 묻어 있었다. 사건 처리를 빨리 끝냈다는 안도 같은 것이리라. 가죽 재킷 형사에게 이끌려 정모는 유치장으로 들어갔다. 돌아도 보지 않는 정모의 뒤를 따라가면서 수정은 다시 쓰러질 듯이 울어댔다. 내가 얼른 수정을 부축했다. 그때 쓱, 뒤를 돌아보는 정모와 눈이 마주쳤다.

정모가 유치장에 들어간 뒤, 비로소 아이와 대화할 수 있었다. 수정은 눈물범벅인 얼굴로 애원하듯 철창에 매달려 있었다. 정모는 철창 구석 벽에 기대앉아 고개를 숙이고 있었다.

"정말 네가 죽인 거 아니지?"

"아니라니까."

"그래, 맞아 네가 그럴 리가 없지."

눈썹 끝이 쓰윽 올라가며 나는 낮은 한숨을 내쉬었다. 저 녀석이 사고를 칠 때마다 수정은 '우리 애는 그럴 아이가 아니다'라고 누누이 말해왔었다.

"형사들이 아무리 무섭게 굴어도 절대 네가 했다고 하면 안 돼. 못 본 건 못 봤다고 얘기하고."

수정은 주변을 둘러보고는 보고 있는 형사가 없다는 것을 확인하자 목소리를 낮추었다.

"말하기 애매한 건 하지 말고."

정모가 핏, 하고 웃었다.

"엄마가 변호사 알아볼 거야. 그러니까 걱정하지 마. 제일 잘나가는 변호사로 찾아볼 테니까."

나는 수정을 보았다. 변호사 얘기는 아직 의논한 것이 아니었다. 그리고 지금 무엇보다 우리는 부모로서 정모의 그날 얘기를 들어야 했다. 어쨌거나 정모는 지금 범죄자였다. 살인사건과는 상관이 없더라도 또 불을 질렀단 말이다. 최고의 변호사를 붙여 줄 테니 걱정하지 말라고 안심을 시킬 때가 아니었다. 이런 점이 싫었다.

항상 아이를 감싸고도는 수정의 모정 아닌 모정. 거기에 점점 익숙해져 진화해가는 정모의 성향.

"이봐."

경고를 하듯 내가 수정을 불렀다. 수정이 나를 보았다. 원망스러운 눈이었다. 당신은 어쩜 그렇게 멀쩡할 수 있어? 하고 묻는 것만 같았다.

"지금 중요한 건……."

"아까."

내 말을 자르며 정모의 목소리가 끼어들었다. 정모가 내내 숙이고 있던 고개를 들었다. 아이의 시선이 나에게로 향했다. 눈빛에서는 읽을 수 있는 것이 없었다. 분노도, 슬픔도, 죄스러움도, 창피함도 들어있지 않았다. 만지면 우르르 무너져 버릴 것 같은 사막의 모래 같은 눈이었다.

"경찰이 그러던데, 제보 문자가 왔다고."

"그게 뭐?"

내가 되물었을 때 형사 하나가 왔다. 체포하러 왔을 때의 검은 가죽 재킷 형사였다. 그는 자신을 민광배라고 소개하면서 앞으로 정모의 담당 형사가 될 거라고 이야기했다. 수정은 민광배를 잡고 정모는 그런 아이가 아니라고 또 사정하듯 매달렸다.

그때 민광배가 뒤에 서 있던 나를 보았다. 마치 당신은 함께 매달리지 않고 지금 뭘 하고 있느냐는 듯한 눈빛이었다.

*****

"당신 아까 그게 무슨 소리야?"

나는 수정을 이끌고 경찰서 밖으로 나왔다. 정문을 지나 계단을 내려오기가 무섭게 수정의 손을 패대기치듯 놓았다. 그렇게 끌고 나오지 않으면 수정은 밤이 새든, 며칠이 가든지 간에 정모의 옆에 있을 것 같았다.

"내가 뭐?"

"말하기 애매한 건 하지 말라고? 엄마가 변호사 알아볼 테니까? 당신이 지금 제정신이야?"

수정은 자신이 했던 말을 되풀이하는 나를 이해가 안 된다는 듯 멀뚱히 쳐다보았다.

"정모가 저러는 게 어디 한두 번이야? 이번에야말로 뜨거운 맛을 봐야 한다고! 무슨 소린지 몰라? 제대로 법적 처벌을 받아야 한단 말이야. 스스로 죄를 인정하게 하지는 못할망정 애를 빼내올 생각만 해?"

"그래서?"

완전히 흥분한 나와는 다르게 수정은 침착했다. 그녀는 수업 중 질문을 하는 여학생처럼 나를 똑바로 바라보며 물었다. 나는 미간을 찌푸렸다.

"변호사 대줄 생각하지 마."

"당신!"

"이번에는 절대 안 돼! 제대로 된 처벌을 받아야 해! 정모도 한 번쯤은 자신의 잘못을 뉘우칠 수 있게 해줘야 된다고!"

"당신 정말로 우리 정모가 사람을 죽였다고 생각하는 거야?"

"응! 난 그렇게 생각해. 저 새끼가 한 번이라도 제가 불 지르고 제대로 인정한 거 봤어?"

"이번엔 다른 문제야."

"정모 엄마, 수정아. 상황을 직시해. 시시티브이 못 봤어? 정모랑 형사 말고는 아무도 들어간 사람이 없어. 그럼 정모밖에 더 있냐고?"

"정모는 내 새끼야. 내가 잘 알아. 정모가 사람을 죽였을 리 없어. 애도 그렇게 말하잖아. 자기는 불만 질렀다고."

"불만 지른 것도 범죄야."

"어쨌든 살인죄는 뒤집어써선 안 되잖아! 게다가 정모……, 방화 전력까지 있고 이번에는 촉법소년에 해당되지 않아서 잘못하면 진짜 교도소에 들어가야 돼. 그런 험한 곳에 당신, 우리 정모 보낼 수 있어?"

나는 잠시 생각했다. 입술이 탔다. 아랫입술을 꾹 깨물었다 놓으며 수정의 눈을 똑바로 보고 말했다.

"있어."

수정이 오열하듯 외쳤다.

"난 안 돼! 그럴 수 없어!"

나도 지지 않고 외쳤다.

"이번에 당신은 빠져! 내가 다 알아서 할 테니까. 절대 변호사 구할 생각하지 마. 변호사한테 쓸 돈 있으면 써! 근데 내 돈은 절대 안 돼!"

수정이 눈을 휘둥그렇게 떴다. 그러더니 어이가 없다는 듯 픽 웃었다. 수정은 전업주부였다. 돈을 벌어오는 것은 나였다. 내가 벌어오는 돈이니 한 푼도 쓰지 마라, 그런 뜻이나 다름없었다.

"지금까지 당신이 벌어먹였다 이거야? 참, 더럽네. 참 치사하고 더러워!"

상처를 입은 수정이 홱 하니 몸을 돌려 도로변으로 나갔다. 따라가려고 했지만 마침 택시가 있었는지 수정이 도로변을 향해 손을 들자마자 빈 택시가 와서 섰다. 내가 따라가는 것을 뻔히 보면서도 수정은 차 안으로 들어가 문을 닫았고, 택시가 서 있던 자리에 내가 도착할 때쯤 택시는 출발해 버렸다.

낮은 한숨을 쉬며 마른세수를 했다.

말실수라고 생각하지 않는다. 해선 안 될 말을 한 것은 단 하나도 없다. 변호사를 쓰지 않겠다는 생각도 변함없다. 어쨌거나 범죄자도 변호인은 필요하니 알아서 국선 변호사가 붙을 것이다. 국선 변호사가 하는 일은 죄가 있으면 자백하라는 설득이 전부라는 것을 잘 알고 있다.

그나저나.

나는 경찰서를 돌아보았다. 조금 전 정모와 마주 앉았던 유치장

부근 쪽을 본다. 당연히 보일 리가 없지만, 정모가 보이는 듯 조금 전의 그 목소리를 떠올렸다.

'아까 경찰이 그러던데, 제보 문자가 왔다고.'

내 눈을 똑바로 보며 정모는 분명 그렇게 말했다. 묘한 빛이 정모의 눈에 스쳤다. 왜 그런 눈빛을 한 걸까.

혹시, 문자메시지를 보낸 것이 나라는 것을 눈치챈 걸까.

*****

그날, 정모가 온몸에 불의 냄새를 묻히고 온 그 밤, 나는 잠들지 못하는 수정의 옆에서 자는 척을 했다. 그리고는 돌아누운 수정이 검색하는 것을 보았다. '화재, 서울.' 또다시 정모의 병이 도진 것으로 확신했다. 수정은 화재 기사가 없는 것을 보고 안심하는 듯했으나 나는 도저히 잠들 수가 없었다. 그렇게 몇 시간이 지났을까. 검색어 순위에 '망원동 화재'가 올라왔다. 정모다. 분명히 정모라고 생각했다. 눈앞에 화마가 있는 듯 눈을 부릅뜨고 어둠 속을 노려보았다. 옆에서는 수정의 쌔근거리는 숨소리가 들려왔다. 한참 만에 결심했다. 그렇게 112에 제보 문자메시지를 보냈다.

[서울 마포구 망원동 화재 사건 범인은 같은 동에 사는 김정모입니다. 그놈을 조사하세요. 저의 신분은 반드시 노출시키면 안 됩니다.]

하지만 정모는 누군가가 제보한 것을 알고 있었다. 조사 중에 형사 하나가 말을 흘린 것인지도 모른다. 그러나 내가 보낸 것이라고 알려주었을 리는 없다. 하지만 그 눈빛……. 아니다. 알아도 상관없다. 정모는 지금 유치장에 갇혀 있고, 곧 교도소로 이송될 테니까.

사건이 일어나고 삼 일이 지난 날이었다. 내가 잠에서 깨어 일어났을 때 수정은 베란다를 내다보고 서 있었다. 인기척을 느꼈는지 수정이 뒤를 돌아다보았다. 정모가 지른 불이 수정의 내부에 있는 무엇을 태웠는지는 모르지만, 그녀는 어딘가 텅 빈 사람처럼 나를 지그시 바라보았다. 수정이 며칠째 아무것도 먹고 있지 않다는 것을 알았지만, 그것은 나를 더 화나게 하는 일일 뿐이었다. 수정은 항상 울고, 먹지 않고, 혼절하고, 말하지 않는 이런 방식으로 나에게서 정모를 보호해 왔다. 이젠 모든 것이 지겨웠다. 수정의 저런 시선도 말이다.

그때 전화가 울렸다. 안방에서 울리고 있는 것은 내 핸드폰 벨소리였다. 나는 얼른 안으로 들어가 핸드폰을 받았다. 아침부터 전화 올 데가 어딘가 했는데 뜨는 전화번호는 경찰서였다. 긴장을 하며 문득 앞을 보니 어느샌가 수정이 안방 문 앞에 와 있었다.

"네, 제가 김정모 아버지……, 네?"

정모의 말이 맞았다. 화재는 정모가 일으킨 것이 맞지만, 살인의 진범은 따로 있었다는 연락이었다. 그 검은 가죽 재킷의 형사, 그 형사가 자신의 아내가 저지른 일을 덮기 위해 정모를 희생양으로 삼았다는 것이었다.

******

차가 경찰서에 진입하기 무섭게 수정은 넘어질 듯이 안으로 달려 들어갔다. 수정이 또 혼절할지 몰라 나도 급히 그 뒤를 따랐다. 우연히 체포되어 나오고 있던 검은 가죽 재킷의 형사와 마주쳤다. 그는 앞으로 모은 양손에 재킷을 걸쳐두고 있었다. 그 안에는 분명 수갑이 채워졌을 것이다.

짜악!

날카로운 소리가 들렸다. 검은 가죽 재킷 형사의 얼굴이 반대로 돌아가 있었고 수정의 오른손이 치켜들려 있었다. 바로 어떤 상황인지 알아차릴 수 있었다. 당황하며 저지하려는 경찰들 대신 그 사이로 얼른 뛰어들어 수정을 끌어안고 더한 짓을 하지 못하게 막았다. 수정은 나에게 안긴 채로 검은 가죽 재킷의 형사에게 소리를 질러댔다. 잔뜩 구겨진 얼굴에서 쏟아지는 고함은 마치 독가시 같았다.

"우리 아들에게 뒤집어씌우려고 했다고? 네가 그러고도 형사야? 당신도 자식이 있을 것 아니야! 어떻게, 그래! 어떻게 그러냐고."

검은 가죽 재킷 형사는 단 한마디도 하지 않았다. 다른 형사들이 재촉해 검은 가죽 재킷 형사는 봉고차에 올라 그대로 건물을 벗어났다.

형사1팀 안으로 들어갔다. 지난번에 왔을 때와는 다른 모습이었다. 다들 뭔가 심각한 얼굴이었고, 한쪽 귀퉁이에서는 양복을 입은 남자들이 책상 하나에 든 물건을 모두 푸른색 상자에 담고 있었다. 감사가 벌어지는 것 같았다.

"오셨습니까?"

인사를 한 사람은 성윤준 형사였다. 정모를 체포하던 날 검은 가죽 재킷 형사와 함께 왔었던 형사. 그는 우리를 상담실로 안내했다.

우선 그는 죄송하다고 고개를 숙였다. 수정은 한마디도 하지 않은 채 고집스럽게 입을 다물고 있었다. 체포된 형사는 증거 인멸의 여지가 있어 구속영장이 떨어졌다고 했다.

"하지만 정모 군의 방화 혐의는 그대로 인정됩니다. 하지만 주거지가 뚜렷하고 죄를 인정하는 데다 증거 인멸의 여지가 없어 일단 불구속 상태에서 재판을 받게 될 겁니다."

그는 오늘 정모를 데리고 가면 된다고 했다.

****

그날 집으로 돌아온 정모는 자신의 방에 틀어박혀 단 한 번도 나오지 않았다. 수정은 마치 군대에서 돌아온 소중한 외아들을 맞이하듯 바쁘게 장을 봐와 저녁상을 차렸다. 떠 놓으면 식을까 수정이 국솥의 가스레인지 불을 줄이고 정모를 불러왔다. 아주 당연하다는 얼굴로 밥상 앞에 앉는 것이 마치 한 편의 코미디극을 보는 것 같았다.

"앞으로 어쩔 거냐."

정모가 입에 밥숟가락을 집어넣는 것을 보면서 묻자, 옆에 앉은 수정의 어깨가 움찔했다. 수정은 식사라도 제대로 할 수 있게 두지 않는 내가 마음에 들지 않는다는 듯한 표정을 숨기지 않고 드러냈다. 나는 일부러 시선을 외면했다.

정모는 밥을 우물거리며 특유의 무성의한 말투로 대답했다.

"형사 말 못 들었어? 내가 죽이지 않았다고."

나는 숟가락을 식탁에 탁 내려놓았다. 쨍, 하는 유리 소리가 날카로웠다. 정모가 국그릇에 박고 있던 얼굴 그대로 시선만 들어올려 나를 보았다. 마치 노려보는 듯한 눈초리다. 나는 그 시선을 피하지 않고 맞받았다.

"내가 지금 그 소리 하는 거야? 넌 또 불을 질렀어. 아무런 이유도 없이!"

"그만해."

수정의 목소리가 들려왔지만, 나는 그 말을 들을 여력도 관심도 없었다.

"그런 일을 벌이고도 밥이 처 넘어가? 넌 미친 자식이야. 정신병

자라고!"

"여보!"

"나는 널 꺼내주는 데에 단 일 원도 쓰지 않을 거야. 넌 이번에는 제대로 교도소에 들어가게 될 거야. 이번에야말로 제대로……."

"그만하란 말이야!"

수정의 목소리가 공기를 갈랐다. 천장 쪽에서 내려와 있는 둥근 삼각형의 보조 등이 윙윙 작게 울렸다. 나는 아랫입술을 깨물면서 수정을 보았다.

"당신처럼 계속 감싸고도는 것만이 전부인 줄 알아? 부모라는 게 그렇게 감싸기만 하면 되는 거냐고! 이 새끼는……."

"정모야."

"뭐?"

"이 새끼가 아니라 정모라고!"

나는 깊은 한숨을 내쉬며 오른손으로 얼굴을 쓸어 올렸다. 피로가 몸을 짓누르는 것 같았다. 지금 중요한 것은 정모를 뭐라고 부르느냐가 아니었다. 수정은 지금이 어떤 상황인지, 정모가 어떤 상태인지 정녕 모르는 것일까.

그때 내 눈에 정모가 들어왔다. 웃고 있었다. 피식, 하고 자신 때문에 벌어진 두 사람의 싸움을 보고 있었다. 눈이 확 뒤집혔다. 스스로 무슨 행동을 하는지 깨닫기 전에 이미 내 오른손이 정모의 뺨을 후려갈기고 있었다. 쨍그랑, 소리와 함께 정모가 들고 있던 숟가락이 날아가고 정모의 목 고개가 반대편으로 떨어졌다. 정모는 잠시 그대로 있었다. 대번에 정모의 얼굴에 손자국이 빨갛게 올라왔다.

철썩.

이번에는 내 얼굴이 옆으로 돌아갔다. 순간적으로 무슨 일이 벌어졌는지 나는 알지 못했다. 눈을 들어보니 수정이 씩씩거리고 있었다.

"무슨 짓이야!"

울부짖듯 수정이 소리를 질렀다. 나는 수정의 얼굴을 보았다가, 정모의 얼굴을 보았다가, 그리고 잘 차려진 밥상을 쳐다보았다. 모든 것이 제정신이 아니었다.

****

그대로 집을 나섰지만 어디로 가야 할지 몰랐다. 그저 나도 제정신이 아니어야만 할 것 같아 눈에 띄는 아무 술집으로 들어갔다. 평소 내 성격대로라면 절대 가지 않을 룸살롱이었다.

"혼자 오셨습니까?"

붉은 조명등이 붉은색 카펫에 비춰 오묘한 분위기를 자아내는 공간이었다. 검은 조끼에 양복바지를 갖춰 입은 웨이터가 그에게 물었다.

"아무나 하나 넣어줘."

웨이터는 곧장 고개를 숙인 뒤 빈방으로 나를 안내했다. 싸구려 소파에 싸구려 조명, 싸구려 음향기기가 갖춰져 있었다. 묘한 냄새가 방 안을 가득 메우고 있었다. 나는 냄새가 몸에 배는 것을 싫어했다. 특히나 이런 술집에서 지하의 곰팡내를 없애기 위해 내는 작위적인 냄새를 더욱 싫어했다.

딱히 주문하지 않았어도 양주 한 병과 과일 안주가 나왔고 잠시 후 갓 스무 살이 넘었을 법한 여자 하나가 방으로 들어왔다. 나는 여자를 보지도 않은 채 양주를 따 잔을 채우고 금세 비웠다. 여자가 웨이터의 눈짓을 받고 잽싸게 옆에 앉아 양주병을 뺏었다. 하지만 나는 그 손에서 양주병을 다시 빼앗았다. 그리고는 무서운 눈으로 여자에게 말했다.

"오늘 네가 할 일은 이게 아냐."

****

다음 날 새벽이나 되어서야 집에 들어갔다. 수정이 소파에 앉아 있었다. 나는 수정을 보지 못한 척 안방으로 들어가려 했다. 수정이 소파에서 벌떡 일어서더니 내 앞을 막았다.

"당신 정말 왜 이래?"

그렇게 물은 수정이 순간 인상을 찡그렸다. 술 냄새를 맡은 모양이었다.

"당신 술 마셨어?"

나는 대답하지 않았다. 다만 담담히 그녀를 볼 뿐이었다.

"밤새 어디서 잤어?"

"그러는 당신은 여태껏 뭐 했나?"

"뭐?"

수정의 눈빛이 가냘프게 떨리고 있었다. 저 눈빛을 사랑한 적도 있었다. 하지만 지금은 끔찍하게 느껴진다. 범죄를 저지른 자식을 무조건 감싸려고만 하는 무모한 모정이 소름 끼쳤다.

"지금 내가 애를 망쳤다고 말하고 싶은 거야?"

"피곤해. 조금 더 자고 출근해야 해."

"아직 내 말 안 끝났어!"

수정이 고함을 질렀지만 눈 하나 깜빡하지 않고 방 안으로 들어갔다. 그리고는 옷을 방 안에 아무렇게나 벗어두었다. 다행히 수정은 따라 들어오지 않았다. 정말로 잠이 자고 싶었다. 내던져지듯 나는 침대로 풀썩 쓰러졌다.

덜컥.

무슨 소리일까. 방문이 열리는 소리? 아니면 수정이 화장실에 들어가는 소리? 신경이 날카로워졌다. 하지만 뒤를 잇는 소리는 없었다. 수정이 화장실을 사용 중이면 안방까지 소리가 들리지 않을 리가 없다. 그러면 정모일까? 문을 열고 나온 정모는 지금 뭘 하고 있는 걸까?

더 이상 소리가 들리지 않아서 다시 눈을 감았다. 하지만 잠은 이미 달아나버렸다. 잠들지 못할 거라는 예감이 들었다. 나는 일어나 안방 문을 잠갔다. 그래도 완벽한 혼자라고 느껴지지는 않았다. 잠을 제대로 잔 적이 대체 언제인가 싶었다.

****

재판 일이 점점 가까워져 왔다. 이대로라면 정모는 정말로 국선 변호사를 쓸 수밖에 없었다. 시간이 흐르면 흐를수록 수정은 더욱 몸이 달아 안절부절못했다. 눈에 띌 때마다 나를 설득하려 했고, 화를 내거나, 울어댔다. 퇴학 조치를 당한 정모는 단 한마디도 하지 않고 새벽에 집에 들어왔다가 대낮에 어딘가로 가기를 반복했다. 그동안에도 나는 거의 잠을 자지 못했다.

“이혼해.”

퇴근하여 돌아온 그 날, 수정은 평소와 달리 달려들지 않았다. 생각해보니 오늘은 하루 종일 전화도 걸어오지 않았다. 그녀는 아침부터 온종일 그러고 있었던 듯 소파 가장 상석에 팔을 꼬고 앉아 있다가 내가 들어오자 그렇게 말했다. 안방으로 곧장 향하다 걸음을 멈췄다.

스윽, 수정이 나를 돌아보고는 옆에 둔 자신의 핸드백에서 서류 봉투 하나를 꺼내 테이블에 내려놓았다.

“이혼 서류야. 당신 것만 적으면 돼.”

나는 선 채로 잠시 생각했다. 침착함을 유지하려 몇 번 눈을 깜박거린 뒤 들고 있던 가방을 내려놓고 조용히 소파로 가 앉았다. 수정의 시선이 나를 따라 움직였다. 나는 수정에 대해 잘 알고 있다. 결혼 후 신혼 생활을 하는 동안 서로 맞지 않는 생활습관 때문에 다툴 때도, 그동안 정모 때문에 싸울 때도, 그녀는 단 한 번도 쉽게 이혼을 입에 올린 적이 없었다. 그렇기 때문에 지금 그녀가 꺼내는 이혼이라는 단 한 단어가 얼마나 무거운 것인지, 그래서 한번 결정하면 돌이킬 수 없다는 것을 잘 알고 있었다.

"후회 안 해?"

"안 해."

수정의 대답은 조금의 망설임도 없이 단호했다.

"오늘 변호사 만나고 왔어. 이대로 국선 변호사를 끼고 재판받았다가는 우리 정모, 3년에서 5년 받을 거래. 난 그런 곳에 우리 정모 못 둬."

나는 한숨을 내쉬었다.

"나도 그동안 미칠 것 같았어. 나는 당신이 정모를 감싸기만 하려고 하는 게 정말 답답해. 애를 그렇게 키우면 안 돼. 그 애는 지금 제정신이 아니라고! 지금 이 꼴을 봐! 재판이 코앞인데 이 자식은 어디 있지? 당신이 그 애를 감싸고도는 게 그 아이한테 절대 좋은 게 아니란 말이야!"

결국 큰 소리를 내고 말았다. 수정은 오히려 내가 못 알아들을 소리를 한다는 듯이, 어항 속의 붕어가 벙긋거리는 것을 보는 듯한 눈으로 나를 물끄러미 보았다. 그녀는 조금의 변화도 없는 어조로 말했다.

"그러니까 이혼해. 친권, 양육권, 모두 내가 가져."

나는 양손을 들어 얼굴을 쓸어내렸다.

"당신……."

"위자료는."

내가 하려는 말을 들을 필요도 없다는 듯 수정이 말을 잘랐다.

"변호사 비용을 대주는 것으로 하도록 해. 1심에서 안 되면 2심, 대법원까지 갈 거야."

나는 무릎에 양팔을 대고 손깍지를 꼈다. 그리고는 잠시 생각에 잠겼다가 결심한 듯 서류봉투를 들었다. 안에 들어 있는 것은 서류 한 장, 이혼신고서였다. 이미 수정의 부분은 다 채워져 있었다. 수정이 볼펜과 내 인감도장, 그리고 인주를 내밀었다. 미리 챙겨둔 모양이었다. 나는 쓰게 웃으며 빠르게 빈칸을 채우고 도장을 찍었다.

"서류는 내가 접수할게."

대답도 하지 않고 나는 테이블에 볼펜을 집어 던졌다. 그리고는 벌떡 일어나 안방으로 들어가며 문을 쾅, 닫았다.

나는 닫힌 문에 등을 대었다. 온몸에 힘이 쭉 빠지는 것 같았다. 나도 모르게 피식 웃음이 나왔다.

드디어 해냈다. 드디어 수정에게서 '이혼'을 받아냈다!

****

내가 운영하는 병원은 망원동 상가건물 2층에 있었다. 도로변인데다 아파트가 인근에 있어 임대료가 상당히 비쌌지만, 개원 1년 만에 바로 자리를 잡을 수 있었다. 개원 전 근무했던 종합병원에서는 개원의는 힘들다며 만류했지만 나는 성공할 것에 자신이 있었다. 나는 이 자리에서 아주 오랫동안, 스스로가 정년이라고 정한 나이까지 진료할 거라고 생각했다. 그 계획이 이제는 취소됐지만 '차질'이 생겼다고 생각하지는 않는다.

병원의 문을 열고 들어갔다. 접수대에 앉아 있던 김 간호사가 일어서며 인사했다.

"원장님 나오셨어요?"

"네, 좋은 아침입니다."

평소와 다름없이 밝게 인사했다. 내부는 쾌적하고 밝았다. LED 등에서 나오는 부드러운 불빛이 내가 직접 선택한 대리석 바닥에 부딪혀 반짝거렸고, 청소 또한 제대로 되지 않은 곳이 없었다. 환자들의 안정을 위해 클래식이 낮은 소리로 흘러나오고 있었고, 병원 안쪽에 설치된 인공 조형물에서는 쉴 새 없이 물이 졸졸 흘러내렸다.

"김 간호사, 5분만 있다가 잠시 원장실로 들어올래요? 할 말이 있습니다."

"알겠습니다, 원장님."

김 간호사는 깨끗하게 올려 묶은 머리를 살짝 숙여 보였다. 나는 그녀가 마음에 들었다. 병원을 관리하는 능력이 결벽증에 가까운 내 마음에 들 만큼 완벽했다. 바닥 청소는 건물을 관리하는 청소 용역 회사에서 하고 있지만, 테이블 등 내부 관리는 그녀가 하고 있었다. 게다가 업무 처리 능력도 뛰어났다. 김 간호사가 결혼이나 출산 등으로 병원을 그만둔다고 하면 서운할 것 같다고 생각했는데, 이제는 그것도 쓸모없는 걱정이 됐다. 나는 가볍게 웃으며 원장실 안으로 들어갔다.

옷걸이에 걸쳐져 있는 푸른색 의사 가운을 입고 자리에 앉았다. 의사 가운 가슴팍에는 병원 이름이 적혀 있었다.

[한마음 정신건강의학과 원장 김재호]

나는 이미 이 방면에서 꽤 이름도 나 있는 편이었다. 정모와 관련된 기사에 내 이름이 오르내리지 않은 것은 천만다행인 일이었다.

잠시 뒤 노크 소리가 들리고 김 간호사가 들어왔다.

"그동안 열심히 일해줘서 정말 고맙게 생각하고 있습니다."

"무슨 말씀이신지."

"사실 제가 개인적인 일이 있어 병원 문을 닫게 되었습니다."

"네?"

김 간호사가 놀란 눈을 하였다. 갑작스러울 만도 했다. 나도 그랬으니까. 정모가 아니었다면 일어나지 않았을 일이었다.

"오늘부터 예약 잡지 말고 이번 달 말에 폐업하는 것으로 안내 부탁해요. 김 간호사 퇴직금은 섭섭지 않게 챙겨줄게요. 원하면 다른 병원 소개도 해주고."

그녀라면 어디를 가도 환영받을 것이다.

당황스러운 얘기였지만 김 간호사가 받아들이지 않을 방법은 없다. 그녀는 혼란스러운 얼굴을 한 채 알겠습니다, 하고 짧게 대답하고는 원장실을 나섰다. 나는 깊은 한숨을 내쉬었다. 내 손으로 직접 일군 원장실을 쓱 둘러보았다. 한 군데도 내 손길이 닿지 않은 곳이 없었다. 그러나 아쉽지 않았다.

아내인 수정을 사랑하지 않는 것은 아니었다. 이 병원과 마찬가지로 수정과 평생을 하게 될 거라고 믿어 의심치 않았다. 하지만 정모가 문제였다. 아니, 어쩌면 수정의 말대로 정신과 의사인 내가 문제인지도 모른다.

2008년을 정확히 기억한다. 정모가 일곱 살 때였다. 그 아이가 처음 일으킨 방화. 손을 잡고 있는 자신을 올려다보며 아이가 타 죽은 개의 피부를 뜯어내 보고 싶다고 했던 순간, 그 눈빛의 반짝임을 본 순간, 나는 전신에 전기가 흐르는 것만 같았다. 그 이후로 정모를 계속 지켜보았다. 두 번째도, 세 번째 방화 때도. 점점 아이가 저지르는 일은 잔인하고 대담해졌다. 그 얼굴에서 죄책감 같은 것은 찾아볼 수가 없었다. 머릿속에 떠오르는 생각을 나 역시도 부정하고 싶었다. 하지만 어느 순간 나는 결론을 내리고야 말았다.

김정모, 내 아들 김정모는 사이코패스다.

불면이 시작된 것은 그 이후부터였다. 작은 소리만 나도 깜짝 놀라 잠에서 깨었다. 정모가 집에 불을 지르는 꿈을 꾼 것이 한두 번이 아니었다.

하지만 나는 또한 정모의 아버지이기도 했다. 아버지로서 해야 할 일이 있었다는 뜻이다. 정모가 학교에서 사고를 치거나, 돈을 훔치거나, 다른 아이를 때리거나 했을 경우는 아버지로서 정모에게 화를 내야 한다는 의무감이 있었다. 두려운 눈으로 내 눈치를 보는 수정의 시선이 내게 그 역할을 맡기는 것이나 다름없었다. 그래서 문제를 일으키는 정모에게 언성을 높이고 가끔은 손도 댔다. 그러면 그날 밤은 반드시 잠을 이루지 못했다. 혹시 정모의 방문이 열릴까 봐, 이어서 안방 문을 열까 봐. 그런 정모의 손에 칼이 들려 있을 것 같아서. 정모에게 죽임을 당하는 상상을 몇 번이고 했다. 꿈을 꾸기도 했다. 하지만 이제 그런 공포는 모두 끝이다.

물론 혼자 남은 수정이 위험할 수도 있다. 교도소에 간 정모의 사이코패스 기질이 어떤 사람을 만나 어떤 방향으로 발현될지는 의사인 나로서도 짐작이 가지 않는다. 정모의 그런 성향들을, 내 그런 고민들을 모두 말해도 수정은 아들을 놓지 않을 것이었다. 하지만 나는 살고 싶다. 부서지는 배에서 물에 떠 있는 스티로폼 조각 위에 혼자 올라탄 것일 뿐이라고 생각하려 한다.

****

양옆으로 각각 여덟 개씩 열두 줄의 방청 의자가 마련되어 있는 재판정이었지만 방청석에는 수정과 나밖에 없었다. 수정과 나는 두 개의 의자를 사이에 두고 떨어져 앉았다. 수정은 계속 정면만 바라볼 뿐 단 한 번도 내 쪽을 바라보지 않았다. 나는 이혼 서류를 접수한 이후 간단한 짐만 가지고 나와 싸구려 모텔방에서 지내고 있었다. 위자료 대신 집을 주었고, 수정은 집을 담보로 대출을 받아 변호사를 고용했다.

잠시 후, 검사복을 입은 두 명의 남자가 들어와 왼쪽의 책상에 앉았다. 오른쪽 벽면에 있는 문이 열리더니 수인복을 입은 정모가 교도관의 손에 이끌려 나왔다. 수정이 눈을 크게 뜨더니 엉덩이를 반쯤 들고 일어났다. 하지만 정모는 수정 쪽을 보지도 않은 채 묵묵히 자리에 앉아 고개를 숙였다. 목을 빼 내밀고 보니 제 양손을 만지작거리며 손장난을 하고 있었다.

"모두 자리에서 일어나 주십시오!"

판사 세 명이 들어와 제자리에 선 뒤 묵례를 하고 자리에 앉았다. 자리에 앉으라는 정리의 외침에 모두 자리에 앉았다. 재판은 판사의 인정신문으로 시작되었다. 판사는 흰머리가 희끗희끗 보이는 것으로 보아 육십 대 초반쯤으로 보였다. 그는 조금은 인자한 얼굴로 미소를 지으며 정모에게 일어나라고 했다.

"이름이 뭐죠?"

"김정모."

재판정에 선 주제에 전혀 깍듯하지 않은 자세로 정모는 반말을 했다. 살짝 판사의 얼굴이 굳는 것이 보였다. 나이와 직업을 물을 때에도 마찬가지였다. 등록기준지를 물었을 때 어리둥절한 얼굴로 '등록기준지가 뭐냐'고 물어서 나는 기가 막혀 웃음도 나오지 않았다. 수정은 줄곧 기도하는 자세로 앉아 있었다.

다음은 검사의 모두 진술을 시작으로 빠르게 진행되었다. 정모가 죄를 인정하고 있어서 다툼의 여지는 없었다. 아직 나이가 어리고, 반성문을 수십 장 써서 제출한 것을 근거로 형량을 감경받을 계획이다. 모두 수정과 변호사가 미리 그렇게 맞춰놓았다.

잠깐 휴정하고 판사들이 서로 의논 후 판결 선고를 할 줄 알았는데 그렇지는 않았다. 판사들은 잠시 머리를 맞댄 후 바로 선고했다.

2년 형의 징역. 그것이 정모에게 내려진 형량이었다. 뭘 기대했던 건지 정모의 눈썹 끝이 쓱 올라가는 것이 보였고, 또다시 이쪽으로는 눈도 돌리지 않은 채 교도관이 이끄는 대로 나갔다. 수정은 울 것 같은 표정으로 정모를 지켜보았다. 나는 담담했다.

2년이면 시간은 넉넉하다. 모범수라도 1년 안에는 못 나올 것이다. 충분히 이혼 절차를 마무리하고, 병원 문을 닫고 모든 정리를 마칠 수 있는 시간이다. 그때면 나는 여기 한국에 없다. 재판정에서 나가면서 나는 문득 정모에게 살인 혐의까지 씌우려던 형사를 떠올렸다. 만약 그 혐의를 벗지 못했으면 어땠을까 하고 생각했다.

****

그날 저녁은 모텔 인근에 있는 일식당에서 식사를 했다. 일식 정식으로 1인분에 4만 원짜리 식사였다. 혼자서 식사하기에 민망하기도 했지만, 용기를 냈다. 앞으로는 혼자 해나가야 할 일이 많을 것이었다. 기분 좋게 맥주도 한 병 시켜 마셨다. 혼자서 하는 식사가 이렇게나 마음 편하고 행복할 줄 알았다면 진작 이런 선택을 할 걸 하고 생각했다. 모텔 생활은 지저분하고 초라했지만, 이렇게 편하게 자본 날이 언제인가 싶을 정도였다. 잠을 편하게 자니 마음도 편했고, 신경이 날카로워지지도 않았다. 모텔 옆에는 단란주점이 있었는데 그 사실을 모텔 생활을 시작하고 일주일이나 지나서 알았다. 정모가 내는 삐거덕 소리에도 소스라치게 놀라 깰 만큼 예민하던 나로서는 상상도 못 할 일이었다.

노크 소리가 들리고 일본풍의 옷을 입은 점원이 쟁반을 들고 들어왔다. 깨끗이 비운 회 접시를 빼내고 그 자리에 새우튀김과 도미탕수, 그리고 누룽지탕을 내왔다. 식사 순서상 이번에는 따뜻한 음식이 나올 차례인 모양이었다. 직원이 음식을 내려놓을 동안 그냥 있는 것이 멋쩍어서 핸드폰을 꺼냈다. 그리고는 한 사람의 이름을 찾아내 통화 버튼을 길게 눌렀다.

몇 번의 신호가 가는 동안 직원은 상차림을 끝내고 나갔다. 전화를 받지 않는구나 싶어 끊을까 하는 순간 전화기 너머에서 시원시

원한 목소리가 들려왔다.

—hey, 재호! 시차 확인 좀 해줄래?

아차, 싶은 생각과 함께 시간을 확인했다. 지금 시간은 7시 20분. 미국과의 시차가 13시간 나기 때문에 저쪽은 새벽 6시 20분이다.

"미안, 미안. 전화 끊을까, 선배?"

—아냐. 어차피 곧 일어나야 해.

전화기 너머에서 부스럭거리는 소리가 났다. 그녀가 가운을 걸치는 모습이 머릿속에 생생하게 떠올랐다.

그녀는 대학 선배로 이름은 김리사였다. 대학 졸업 후 유학을 갔다가 그쪽에서 완전히 자리를 잡았다. 결혼하면서 일하던 대학 병원을 그만둔 후 정신건강의학과 의원을 개업했다. 우리나라 정서와는 다르게 환자들이 정신건강의학과 다니는 것을 꺼리지 않아 운영이 어려운 상황을 맞거나 하지는 않았다. 정모의 일이 터지면서 대한민국을 떠나고 싶다는 생각을 한 순간 김리사가 떠올랐다. 조금 망설이다 그녀에게 전화를 걸었다. 리사에게는 정모의 사이코패스 기질에 대해서 아무런 이야기를 하지 않았다. 다만 수정과 이혼하기로 했고, 한국 생활에 지쳤다는 이야기만 꺼냈다. 김리사는 흔쾌히 미국행을 권했다. 자신의 병원에 페이 닥터로 들어오라는 제안이었다. 내가 은근히 바라던 일이기도 했다.

"지금 혼자 식사 중이었어. 솔직히 말하면 점원이 음식 깔러 왔는데 혼자 있는 게 민망해서 선배한테 전화한 거야."

—아이고, 우리 재호 빨리 와야겠다. 해외 통신비도 감내할 만큼 거기서 그렇게 외로우면 말이야.

리사의 말에 나는 쓰게 웃었다.

"이제 두 달 남았어. 나 정말 거기 가면 받아주는 거지?"

—당연하지. 나도 두 달 이후를 기대하고 있다고. 서울대 최고 수재를 내가 채용하다니. 교수님이 들으시면 뒤로 넘어가실 거야.

전화기 너머에서 리사의 깔깔거리는 웃음소리가 들렸다. 내 스승이자 서울대학병원 정신건강의학과 전문의인 채진태 교수님의 이야기를 하는 것이었다. 그는 내 개원을 반대하며 학교에 남기를 바랐었다.

"집은?"

—적당한 집으로 리스할 수 있을 거야. 너 들어오는 시기에 딱 맞춰 계약 걸어둘 테니까 걱정하지 마셔.

그녀는 시원시원하게 대답했다. 아까 맥주를 들이켰을 때보다 속이 더 시원했다.

"고마워, 선배."

—별말씀을.

전화를 끊는 나의 만면에 미소가 드리웠음을 느꼈다. 그녀와의 통화는 항상 기분 좋았다. 대학 때 보았던 그녀의 웨이브진 멋진 머리와 시원하게 웃는 웃음, 큰 눈이 떠올랐다. 상당한 미인이었음에도 카리스마가 있어 여자들 사이에서도 인기가 있었고, 남자들 사이에서는 넘보기 힘든 존재가 바로 리사였다. 풍만한 가슴과 허리 곡선이 자신도 모르게 떠올랐다. 몸에서 느껴지는 열은 흥분을 느끼며 얼른 맥주를 마셨다.

사실 김리사에게 도움을 요청하러 전화하기 전 그녀가 이혼했다는 소식을 들었다. 그것이 최종적으로 미국행을 결정한 이유이기도 했다. 함께 일하면서 어쩌면 그녀와 잘될 수도 있다고 생각했던 것이다.

새우튀김 하나를 집어 한입 크게 씹었다. 깨끗한 기름으로 갓 튀긴 새우튀김은 파삭, 하고 입안에서 기분 좋게 부서졌다.

****

2개월 후.

모텔에서 나오는 내 손에는 캐리어가 들려 있었다. 월 단위로 사용했던 모텔방의 나머지 비용을 계산하고는 밖으로 나왔다. 하늘은 깨끗하고 맑았다. 이제 곧 본격적인 여름으로 들어갈 것이다. 대한민국의 더위와 나는 이제 상관이 없다. 오늘 나는, 대한민국을 떠난다.

모든 것은 문제없이 진행되었다. 미국에서 살 집도 리사가 사진으로 보내주어 확인했다. 혼자 살기에는 더없이 만족스러운 집이었다. 게다가 리사의 집과도 가까웠다. 내심 그녀가 일부러 그런 집을 고른 것이 아닐까 하는 생각이 들었다.

정모나 수정의 근황이 궁금하기도 했지만, 연락을 해보려다 말았다. 1심 재판 이후 수정이 항소를 결정했다는 소식을 변호사를 통해 들었다. 지금쯤이면 항소심을 했겠지만, 결과는 궁금하지 않다. 더 이상 수정이 정모를 감싸주며 징징대는 것도, 정모도 떠올리고 싶지 않았다. 간신히 잡은 이 행복을 놓치고 싶지 않을 뿐이다.

들고 있던 아이보리색의 파나마모자를 머리에 썼다. 아직 오픈하지 않은 카페의 유리창에 모습을 비춰보았다. 고심 끝에 고른 체크무늬 반팔셔츠와 아이보리색의 면바지가 깔끔한 느낌을 주었다. 11시간 이상의 비행에 불편할 수도 있지만, 공항까지 마중나올 리사를 생각하니 아무렇게나 입을 수가 없었다.

공항까지는 전철로 이동할 생각이었다. 모텔이 있는 골목을 빠져나와 길을 건너 십여 분쯤 걸으면 바로 전철역이 나왔다. 공항까지는 전철로 한 번만 갈아타면 돼서 크게 불편할 것 없었다. 내가 운전하던 차는 이미 중고로 팔았다. 모든 것이 순조로웠다.

나는 여유롭게 캐리어를 끌고 걷기 시작했다. 조금 더웠지만 기분은 상쾌했다. 골목 안은 들어오고 나가는 차들끼리 뒤엉켜 정신이 없었지만, 그 모든 것이 조금도 짜증스럽지 않았다. 골목을 빠져나오자, 건너야 할 건널목의 신호등에 보행신호가 들어오는 것을 보았다. 모든 것이 나를 위해 준비되어 있는 것만 같은 기분을 느끼며 재빨리 뛰기 시작했다. 캐리어의 바퀴 소리가 유난히 크게 들렸다.

그리고 건널목에 발을 디딘 순간, 찢어지는 굉음이 들렸다. 반사적으로 나는 왼쪽을 향해 고개를 돌렸다. 흰색 SUV 차량이 바로 눈앞까지 와 있었다. 쾅, 하는 소리와 함께 나는 몸이 하늘로 떠오르는 것을 느꼈다. 뭔가 잘못됐다고 생각했다.

그리고는 큰 충격과 함께 모든 것이 눈앞에서 사라졌다.

너여야만 해

현재욱

*

"아빠 괜찮아?"

문득 딸 소윤의 목소리가 들려와 티브이에서 고개를 돌렸다. 달걀에 빵을 묻혀 구운 프렌치토스트와 소윤이 직접 내려준 커피가 식어가고 있었다. 소윤은 입안에 빵을 문 채 걱정스러운 얼굴로 나를 보고 있었다.

티브이에는 민광배와 그의 아내 윤숙의 체포 소식이 연일 보도되고 있었다. 당연한 일이었다. 현직 형사가 청소년 방화범에게 살인 혐의를 씌우려 했다는 것만으로도 충격인데, 실은 여고생을 죽인 자가 형사의 아내였고, 그녀가 동성애자 강간범이었다는 사실이 밝혀지면서 사회적 파장은 상당했다. 뉴스 시간마다 해당 사건이 첫 소식으로 전해지는 것은 무리가 아니었다.

하지만 민광배는 내 친구였다. 심지어 그의 죄를 밝힌 것도 나였다. 그것을 알고 있는 소윤이니 무거울 내 마음을 신경 쓰고 있는 것이다. 문득 딸을 보았다. 중학교 2학년생인 딸의 말간 얼굴을 보니 저절로 마음이 가벼워졌다. 손을 뻗어 가느다란 머리칼을 마구 헝클어트렸다. 아이가 고개를 숙이며 비명을 질렀다.

"형사가 범인을 잡았는데 당연하지, 인마."

나는 표정을 신경 쓰며 소윤이 만든 프렌치토스트를 맨손으로 집어 덥석 깨물었다. 손가락에 프렌치토스트에서 나온 기름기가 묻어 번들거렸다.

"젓가락 쓰래도! 손으로 뭐 하는 거야."

"손 씻었어, 깨끗해."

흥, 하고 계속 손으로 빵을 집어 먹었다. 소윤은 못 말린다는 듯 고개를 절레절레 흔들고는 식사를 계속했다. 슬그머니 웃음이 나왔다. 저러는 모습이 귀여워서 일부러 말을 듣지 않는 것이다.

간호사였던 아내는 3년 전 간암으로 사망했다. 투병 생활은 1년 정도. 그래서 소윤은 다른 아이들이 한참 놀고, 이리저리 학원에 끌려다닐 초등학교 5학년부터 집안 살림을 도왔다. 한번 나가면 며칠씩이고 들어오지 않는 형사 아빠 때문에 어쩔 수 없는 일이기도 했다. 아내의 긴 투병 끝에 생긴 빚 때문에 집에 사람을 쓸 형편도 아니었다.

오늘 아침도 소윤이 차려주었다. 소윤은 자주 아침으로 프렌치토스트를 만들었다. 자신만의 비법이 있다며 어깨를 으쓱거렸다. 달걀을 풀 때 우유를 적당량 섞으면 식빵에 달걀이 더 잘 스며들면서 촉촉한 토스트가 된다고 했다. 나에게는 그것이 촉촉하기보다는 눅눅하게 느껴져 입에 잘 맞지 않았다. 하지만 그런 생각을 말한 적은 없다. 그저 아이와 함께 식사를 하는 이 시간이, 함께 웃으며 뭔가를 먹을 수 있다는 것이 행운처럼 느껴졌다.

"근데 저 아저씨 아줌마, 아들은 이제 어떻게 돼?"

소윤이 묻자 순간적으로 표정이 굳어버렸다. 하지만 애써 표정을 풀며 대답했다.

"한번 찾아가 보려고."

"그렇구나. 안됐다. 저렇게 뉴스에서 맨날 난리니까 아마 주변에 알 만한 사람은 다 알걸. 학교에서 왕따 당하지 않을까?"

"글쎄."

민광배의 아내 윤숙은 미성년자를 대상으로 한 성범죄 및 살인이기 때문에 앞으로의 조사 결과에 따라 신상 및 얼굴이 공개될 가능성이 있다. 그렇게 되면 현재 고등학생인 윤후가 학교에서 더 힘들어지지 않을까 하고 생각되었다. 그런 일이 발생하지 않기 위해 민광배는 그렇게 필사적으로 자신의 아들 윤후를 중국으로 유학 보내려 했었던 모양이었다.

성의 없는 대답을 눈치채지는 못했는지 소윤은 심각한 얼굴로 뉴스에서 시선을 떼지 못했다. 빵을 오물거리는 입이 귀엽다. 엄마를 어린 나이에 잃고서도 바르고 밝게 자라주고 있는 것이 얼마나 고마운 줄 모른다.

소윤의 컵 옆에는 엘라스틱이 놓여 있었다. 식사할 때는 불편하니 치아교정용 엘라스틱을 빼놓고 먹는 것이다. 자신이 사용하고 있는 저것 때문에 사건을 해결할 수 있게 되었다는 것을 알면 소윤이 얼마나 놀랄까. 하지만 딱히 얘기해 주고 싶은 생각은 없다. 소윤은 착한 아이니까 어쩌면 자신 때문에 누군가 불행해졌다고 생각할지도 모르기 때문이다. 어쨌거나 이제 이 사건에는 관심을 두지 않았으면 한다. 어두운 생각을 하는 것보다 소윤은 밝고 맑은 것들만 보고 자라주었으면 했다. 하고 싶은 것을 최대한 하게 해주고, 언젠가는 자신이 사랑하는 사람과 행복한 가정을 만드는 것을 지켜봐 주는 것, 그것이 내 유일한 소망이었고 아내와의 약속이었다.

아내는 소윤과 나의 앞에서 눈을 감았다. 그 앞에서 난 소윤을 꼭 행복하게 키워 내리라고 약속했다. 그때 소윤은 초등학생이었지만, 그 뒤로 단 한 번도 재혼에 관한 생각은 한 적이 없다. 소윤이 크면 클수록 재혼하지 않겠다는 생각은 점점 더 확고해졌다. 가끔 다른 아이와는 다르게 소윤이 스스로 많은 것을 해내야 하고, 식사 준비에 집안일, 그리고 자주 들어오지 않는 아빠 때문에 혼자 집을 지켜야 하는 것이 마음이 쓰여 결심이 흔들릴 때도 있었다. 하지만 두 사람만으로도 생활은 충분히 행복하다고 느끼고 있어 지금은 이대로만 살고 싶었다.

"이제 티브이 그만 보고 얼른 먹어. 오늘은 오랜만에 데려다줄 테니까."

리모컨으로 티브이를 끄며 말했다. 소윤의 입이 벌어졌다.

"정말? 아빠가 웬일이래?"

"가끔은 아빠도 보통 아빠들 노릇 좀 해야 하지 않겠냐? 학교생활은 어때? 교실에 뭐 필요한 거 없대? 아빠가 선생님이랑 통화 한번 해볼까?"

내 말에 소윤이 웃으며 손을 내저었다.

"바짓바람은 사양이네요."

소윤은 오물오물 빵을 집어 먹었다. 문득 이번 사건의 피해 여학생이 생각났다. 그 여학생의 그 날 아침도 이랬겠지. 아침을 먹으며 오늘 하루는 어떻게 보낼까, 그런 생각을 했겠지. 어쩌면 늦게 일어난 탓에 엄마가 정성껏 차려준 아침상을 그대로 두고 달려 나갔을지도 모른다. 다시 현관문을 넘을 수 없는 것도 모르는 채.

머릿속을 스치는 생각에 머리를 흔들었다. 소윤이 크면서부터 맡는 사건들이 그냥 보아 넘어가질 않고 자꾸만 감정이입이 되는 것이 큰일이었다. 게다가 이번처럼 소윤과 비슷한 청소년 또래의 피해자가 생기면 머릿속에서 지우기가 더 힘들었다.

그나저나 그 여학생은 그런 새벽 시간대에 왜 거기에 있었을까? 아직 민광배가 그동안 조사해왔던 자료가 다 넘어오지 않았기에 그것까지는 파악하지 못했다. 현직 형사가 범죄를 저지르면 감사팀에서 해당자의 감사를 벌이므로 사건 수사 자료를 다 전달받지 못한 탓이었다. 하긴, 민광배는 처음부터 진범을 알고 있었으니 수사를 제대로 했을 리가 없다. 빨리 수사를 마무리하려고만 했을 것이다. 게다가 예비 신부 살해사건의 잘못된 수사 여파로 이번만큼은 수사가 잘못되면 안 된다는 팀장의 압력 덕택에 자칫 그의 바람이 이루어졌을지도 모르는 일이었다.

흰 다리를 앞뒤로 흔들며 빵을 먹고 있는 소윤을 물끄러미 보다가 별 뜻 없이 물어본다는 듯 우유를 좀 더 채워주며 말했다.

"요즘 친구들이랑은 사이좋지?"

"그럼 당연하지."

"……이상한 친구들은 없지?"

흔들거리던 소윤의 다리가 멈췄다. 소윤이 어이없다는 듯 웃었다.

"나쁜 친구들은 없냐고 물어보는 거야?"

나는 민망한 기를 감추지 못하면서 고개를 끄덕였다. 소윤이 놀리듯 말했다.

"나쁜 친구들 없냐고 물어보면 있어도 있다고 할 거 같아?"

소윤은 후후, 웃으며 말을 이었다.

"그런 걸 걱정하고 계셨어요? 걱정하지 마세요. 우리 아빠 형사라고 하면 질 나쁜 애들도 나랑 친해지려다가 저 멀리 도망가거든요!"

"그럼 다행이고. 얼른 먹어."

소윤이 고개를 끄덕이고는 맥 빠진다는 듯 어깨를 늘어뜨렸다.

"난 또 아빠가 그 아저씨 때문에 마음이 안 좋은 줄 알고 걱정했네. 제일 친한 친구였잖아. 하긴, 기운 빠진 게 아니면 다행이지. 나 가방 갖고 나올게!"

제 앞에 놓인 접시에 담긴 빵을 다 먹은 소윤은 빈 접시를 싱크대 개수대에 넣고는 방 안으로 폴짝거리며 뛰어갔다. 나도 마지막 남은 빵을 입에 넣고는 접시를 들고 일어났다.

제일 친한 친구라……. 하긴 집에 데려온 것도, 두 가족이 함께 식사를 한 것도, 가끔 술 한 잔을 기울인 것도 민광배가 유일했으니 소윤의 눈에는 그렇게 보일 수도 있었다. 하지만 지금은 솔직히 말하자면 어느 쪽인지 잘 알 수가 없다. 지금 이 감정이, 정말 그를 걱정하는 마음일까.

**

나는 어렸을 때부터 형사가 되는 것이 꿈이었다. 많은 사람들이 그렇듯 멋진 형사가 나오는 영화를 보고 꿈을 키우기 시작했다. 열심히 공부해 공채 시험에 합격했지만, 생각과는 다르게 처음부터 형사가 될 수는 없었다. 희망하는 부서를 형사과와 수사과로 적어 넣었지만, 처음은 경기권 지구대 근무였다. 그 후로도 4년쯤 지구대 근무를 돌다가 겨우 경찰서 형사팀에 배치된 것이 바로 12년 전이었다. 인천경찰서였는데, 거기서 민광배와 만났다. 같은 나이이기도 했고, 민광배도 형사팀 근무가 처음이라 금방 친해지는 데는 무리가 없었다.

하지만 민광배는 뭔가 조금 달랐다. 사건 현장에 나가면 열심히 선배들 눈치를 보는 나와는 달리 민광배는 빠르게 뭔가를 캐치해 내곤 했다. 두루마리 휴지에 튄 작은 핏방울 한 점을 찾아내 용의자를 압축해 내거나, 사건 현장을 보고 단번에 조작된 현장임을 밝혀내기도 했다.

"형사 피가 있는 놈이네."

누가 했던 말인지는 기억나지 않지만, 그 말만은 또렷하게 기억하고 있다. 형사 피가 있는 놈. 그 말이 얼마나 부러웠는지 모른다. 그 말에도 민광배는 무덤덤한 얼굴로 눈만 깜박거렸다. 그 당연하다는 듯한 반응이 더 불쾌한 감정으로 남아 있었다.

인천서에서 1년쯤 근무했을 때, 거제도 쪽의 수사 인력난 부족에 대한 심각성이 대내외적으로 대두되었다. 거제경찰서는 강력팀 5개와 생활범죄팀 1개가 운영되고 있지만, 워낙 범죄 발생 건수가 많다 보니 항상 과부하 상태였다. 거제는 인구 대비 5대 강력범죄가 자주 발생하는 지역으로 특히나 여행객이 많아 주취 폭력, 데이트 폭력 같은 범죄도 계속 벌어진다. 거제경찰서에서는 적어도 10명 이상의 인력이 추가로 필요하다고 요청하고 있는 상태였다. 하지만 업무에 숙달되지 않은 신규 인력을 보낼 수는 없기에, 시도별로 1인에서 2인 정도의 수사팀원을 차출하겠다는 공고가 있었다.

나는 안심하고 있었다. 지구대 경력을 포함하면 5년의 경력이 되지만 형사팀에서는 고작 1년밖에 일하지 못했다. 그런 내가 차출 인력에 뽑힐 리가 없다고 생각했다. 하지만 그 생각은 크게 빗나갔다. 인사이동 공고에 이름이 적혀 있었던 것이었다. 나는 절망했다. 그때는 신혼이었다. 종합병원 간호사로 있는 아내 역시 병원을 옮기거나 그만둘 수 있는 상황이 아니었다. 깊은 고민 끝에 팀장을 찾아갔다. 어째서 나여야만 하는지 몇 번이나 물었지만 각 부서 팀장끼리 깊은 논의 끝에 결정한 일이니 미안하지만 받아들여 달라는 말뿐이었다.

팀장을 만나고 나오는 길에 민광배와 마주쳤다.

"아, 거제로 인사이동 떴던데. 자네가 없다니 아쉬워."

억지웃음을 지었지만 그 말에 불같은 화가 치밀었다. 그때 무슨 말로 그 자리를 벗어났는지는 기억나지 않는다. 하지만 분명 자연스러운 얼굴이 아니었을 것이라고 생각한다. 민광배의 말은 마치 약을 올리는 것 같았다. 안타깝다고 말하는 얼굴의 기저에 '내가 아니라서 다행'이라는 내심이 보였다.

그러고 보니 그때 왜 민광배가 아니라 나였는지 의심스럽다. 우리 두 사람 모두 형사팀에 근무한 지 1년밖에 되지 않았다. 어떤 차이가 수사과 팀장들이 두 사람 중 내 이름을 지목하도록 했는지 궁금했다.

'형사 피가 있는 놈이네.'

역시 그것 때문일까. 하지만 나도 그 못지않게 열심히 노력해 왔다. 선배들로부터 인정을 받을 정도로 사건에 매달리고 의견을 개진하고, 증거들을 모으는 것을 도왔다. 민광배만큼이나 사건 해결에 결정적인 역할을 한 적도 많았다. 스스로가 판단해도 민광배

못지않다고 생각했다. 그런데 왜 민광배가 아니라 나인가.

아니, 왜 내가 아니라 민광배가 여기 남아 있었어야 하는가.

한번 결정된 사안이므로 결과를 뒤집을 수 없다는 것은 알고 있었다. 게다가 팀장은 내 발령을 민광배와 비교해 내린 결론이라고 말한 적도 없었다. 하지만 나는 어느새 모두 민광배 때문이라고 생각하고 있었다.

아내와 의논해 주말부부를 하기로 결정하고 거제행 짐을 싸면서 이를 갈았다. 앞으로는 두 번 다시 절대 다른 사람과의 경쟁에서 밀려나지 않겠다고 말이다.

다시 서울로 돌아오기까지 11년이 걸렸다. 민광배는 아직까지 형사로 활약하고 있었다. 형사1팀의 차기 팀장은 민광배뿐이라는 소문도 들었다. 나는 그에게 더는 밀리지 않겠다고 생각했다. 형사2팀에 배정받으면서 팀장을 다는 것은 내가 먼저라고 생각해 왔다.

11년은 생각한 것보다 훨씬 더 긴 기간이었는지도 모른다. 나는 그간 아내를 잃었고, 민광배의 가정 역시 그다지 평온하지 않은 것 같았다. 민광배와의 해후 후 우리는 시간이 날 때 가끔 술잔을 기울이기도 했다. 화제에 오르는 것은 자녀를 키우는 문제이기도 했고, 형사 일의 어려움이기도 했다. 그러나 역시 숫자로 놓고 보면 민광배가 자신의 가정불화를 이야기하는 경우가 많았다.

자세한 말은 하지 않지만 민광배는 아내 윤숙과 방도 따로 쓰는 것 같았다. 어떤 문제인지 들어보려고 해도 그는 절대 말하지 않았다. 게다가 하나뿐인 아들 윤후도 엇나가고 있는 것 같았다. 아들과 제대로 된 대화를 해본 것이 언제인지 기억나지 않는다고 했다. 공부도 잘하고, 엄마도 없이 제 할 일을 척척해 내는 애교 많은 딸 소윤을 가진 나를 부러워하기도 했다. 그 말을 들을 때는 어깨가 으쓱했지만, 딸이 아직 어려서 그럴 뿐이라며 윤후도 사춘기가 지나면 잘할 거라고 말해주었다. 딸은 시집가면 그만이지만 아들은 나중에 든든한 기둥이 되어줄 거라고도 말했다. 그 말에 씁쓸하게 웃던 민광배의 얼굴이 떠올랐다. 절대 그렇지 않을걸, 하고 말하고 있는 듯한 얼굴이었다.

사실 나도 그럴 거라고 생각해서 한 말은 아니었다.

민광배의 아들 민윤후, 그 아이는 싹수부터 노랬다. 언젠가 민광배의 집에 놀러 갔을 때 눈을 가늘게 뜨고 고개만 수그리는 인사만 봐도 그랬다. 나는 그렇다 치고 제 아버지인 민광배에게조차 인사도 하지 않았다. 엄마인 윤숙에게만 말을 걸었다. 그나마도 주로 돈을 달라고 할 때뿐이었지만.

민광배는 윤숙이 아들을 너무 감싸고돌아 저렇게 됐다고 말했다. 입만 뻥긋해도 용처도 묻지 않고 돈을 주는 것에 대해 불만스러워했다. 나는 계속 그를 위로해주었다. 그의 푸념이 지겹지는 않았다. 그때 느낀 감정에 대해 객관적으로 생각해본 적이 있다. 그것은 진심의 위로였을까? 그렇지 않다고 생각한다. 위로해주면서도 나는 속으로 내일 아침 소윤과의 식사 자리에서 이 집안의 불행에 관해 이야기해야겠다고 생각했었다. 동그랗게 뜬 눈으로 '어떻게 그럴 수가 있어?' 하고 놀라는 소윤의 귀여운 모습을 상상하면서.

그의 불행은 나에게는 소윤과의 대화거리였다. 그리고 11년간의 세월을 조금은 위안받는 기분이었다.

아, 더 솔직히 말하자면 난 그의 불행이 기뻤다.

***

"아빠?"

소윤의 목소리에 퍼뜩 정신을 차렸다. 동그란 눈으로 소윤이 빤히 올려다보고 있었다. 소윤은 벌써 교복으로 갈아입은 뒤였다. 새하얀 반팔 셔츠에 남색 치마, 같은 색의 넥타이가 매어진 중학교 교복이었다. 치마가 거의 회사에 다니는 여성의 H라인 스커트처럼 몸에 붙는 스타일이었다. 원래 디자인이 그런 것은 아니고 교복점에서 맞출 때 소윤이 그렇게 만들어 달라고 한 것이다. 요즘 유행하는 스타일인 모양이었다. 내가 어렸을 때는 여학생들이 인근 수선점에 교복을 가져가서 최대한 길게 내려오도록 수선해 입었다. 그때는 긴 것이 유행이었다.

"너무 달라붙는 거 아냐?"

"헤에, 아빠 너무 촌스럽다."

소윤이 놀라는 척하며 놀렸다.

"요즘은 이거보다 더 딱 붙고 짧게 만들어 입거든? 나는 완전 범생 스타일이다, 뭐."

나는 고개를 절레절레 저었다. 소윤은 요새 색이 있는 립글로스도 바른다. 듣기로는 학교에서 옅은 화장까지 허용한다고 했다. 화장을 한 학생이 이것보다 더 딱 붙고 짧게 만들어 입으면 학생으로 보일까? 제발 소윤이 거기까지는 가지 않기를 바라며 차 키를 들었다.

"그래, 얼른 학교 가자, 범생님."

소윤을 학교에 내려주고 곧장 차를 돌려 망원동에 있는 S고등학교로 향했다. 소윤의 학교 정문과 똑같은 모습으로 그곳 역시 등교대란이 벌어지고 있었다. 아이들을 학교 정문에 내려주려는 차들이 엉키면서 혼잡한 데다 등교하는 아이들까지 있어 매우 소란했다. 교문 앞을 지키는 선생님이 아이들의 복장 상태를 시선으로 훑으면서 서 있었다. 내가 학교에 다닐 때도 학생주임 선생님이 교문 앞을 지키곤 했다. 규율은 그때보다 훨씬 더 완화되었지만 이런 풍경은 당분간 지속될 것 같다는 생각이 들었다. 젊음은 규제가 없는 한 제 속도와 길을 잃기에 십상이니까.

혼잡한 곳을 지나 학교에서 조금 멀리 떨어진 이면 도로변에 차를 세운 뒤 다시 걸어 학교 앞으로 왔다. 들어가는 아이들의 얼굴을 하나하나 살펴보았지만 윤후는 보이지 않았다. 이미 들어간 것인지도 모른다. 어쩌면 오지 않았을 수도 있다는 생각도 들었다.

내 손으로 민광배의 손목에 수갑을 채울 때에 멍해진 얼굴로 그가 말했다. 윤후를 부탁한다고. 어떻게 하는 것이 잘 돌보는 일인지는 아직 알 수 없으나 민광배의 그 말이 마음속에 부담으로 남아 있다. 윤후를 한번 만나보는 것도 좋겠다는 생각이 들었다.

학교 앞에서 멍하니 서 있자 교문 앞에 있던 선생이 흘긋, 이상한 시선으로 보긴 했지만 말을 걸지는 않았다. 차라리 말을 걸어주었으면 편할 텐데 싶은 마음이 들었지만 나도 가만히 있었다. 시간이 지날수록 학교 앞에 몰려드는 차들과 학교로 들어가는 아이들의 행렬이 뜸해졌다. 아직 윤후를 만나지는 못했다.

윤후의 교실로 직접 가볼까 하다가 일단 교무실로 들어갔다. 담임 선생님을 만나보는 것이 좋을 것 같았다. 워낙 시끄럽게 떠들어댄 사안이기에 주변에서는 범인이 윤후의 부모라는 사실이 알려졌을 것이다. 윤후의 아버지가 형사인 것을 모르는 사람은 없을 테니까. 그렇게 되면 아이의 학교생활이 힘들어질 것은 불 보듯 뻔한 일이었다. 교실 내 반응이 어떤지 물어볼 생각이었다.

"저……. 2학년 민윤후 학생 일로 왔습니다."

교무실의 많은 책상 중 가운데쯤에 앉아 있는 남자 교사에게로 다가갔다. 숙제를 검사하는 건지 그의 앞에는 펼쳐진 노트가 높다랗게 쌓여 있었다. 많은 책상들이 비어 있었다. 현재욱이 말을 걸자 남자가 몸을 돌려 그를 올려다보았다. 약간의 적대감 같은 것이 느껴졌다.

"형사십니까?"

나도 모르게 움찔했다. 형사는 맞지만, 이곳에 형사로 온 것은 아니었다. 아마 이곳의 선생들은 기자들에게도 형사들에게도 꽤나 시달렸을 것이었다. 민광배를 체포하기 전 민윤후를 의심한 1팀 형사들이 아이를 만나러 왔었다고 들었다.

“아닙니다. 윤후 아빠 친굽니다.”

“네.”

“친구 부탁으로 잘 지내고 있는지 보러 온 김에 담임 선생님께도 인사를 왔습니다.”

표정으로 보아서 남자 선생은 이미 윤후에 관한 일을 알고 있는 것 같았다.

“그러시군요. 그런데 윤후 반 담임 선생님은 지금 0교시 수업에 들어가셨습니다. 조금 있다가 다시 오셔야 할 것 같은데요. 저기 앉아서 기다리셔도 되고요.”

남자 선생이 가리킨 자리는 윤후의 반 담임 선생의 책상 옆 보조 의자였다. 주인도 없는 책상 앞에서 뻘쭘하니 기다릴 마음이 들지 않았다. 그러고 보니 소윤의 일로도 교무실을 찾은 적이 없다.

“잠깐 운동장에서 바람이나 쐬다 오죠, 뭐. 종이 울리면 교무실로 오시는 거죠?”

“네. 맞습니다.”

“감사합니다.”

남자 선생에게 인사를 하고 도로 교무실에서 나왔다. 문득 친구 대신 아들을 보러 온 주제에 빈손으로 왔다는 생각이 들어 재빨리 학교 밖으로 나왔다. 시계를 보니 아직 쉬는 시간이 되려면 시간이 남아 있었다.

학교 앞에 있는 편의점으로 들어갔다. 이미 등교가 끝난 학교 앞의 편의점이라 그런지 내부는 한산했다. 아르바이트생으로 보이는 젊은 청년이 자리에 앉아 핸드폰을 만지작거리다가 자리에서 일어섰다.

"어서 오세요."

나는 고개만 까닥하고는 안쪽으로 들어갔다. 주변을 둘러보니 선물로 사 갈만한 게 없었다. 애초에 학교 선생님에게 무슨 선물을 해야 할지도 잘 몰랐다. 워낙 제 할 일을 알아서 잘하는 소윤인지라 학교에 불려갈 일이 없었던 것이다. 게다가 요즘은 김영란법이니 뭐니 해서 인사차 사 가는 것도 제한이 많다. 차라리 차를 끌고 마트로 갈까 하다가 시간이 부족한 것 같아 아르바이트생에게 목소리를 높여 말을 걸었다.

"혹시 음료수 선물 세트 같은 것은 없나요?"

"아, 창고에 있어요. 잠시만요."

아르바이트생이 계산대에서 나와 가게 맨 안쪽에 있는 방의 문을 열고 안으로 들어갔다. 직원 휴게실이라고 붙어 있지만 창고로도 사용하고 있는 모양이었다. 잠시 기다리고 있자니 아르바이트생이 음료수 상자를 들고나왔다. 병문안에 많이 쓰이는 음료수 세트였다. 병 음료가 아마 열 개쯤 들어있을 것이다. 너무 약소한 건 아닌가 싶었지만 삼만 원 이상이면 선물을 할 수 없다. 미리 준비하지 않았으니 이것이라도 사갈 수밖에 없는 일이다.

"만 팔천 원입니다."

카드로 계산을 하고는 음료수 세트를 들고나왔다. 나오다 보니 상자에서 까끌까끌한 먼지가 만져졌다. 창고에 오래 두어 먼지가 쌓인 걸 그대로 계산해준 모양이었다. 좀 닦아서 주지, 하는 생각을 하며 주머니에서 손수건을 꺼냈다. 소윤이 꼼꼼하게 챙겨준 손수건이었다. 제 엄마가 하는 일을 옆에서 도우며 자라서인지 소윤은 무슨 일을 해도 손끝이 아주 야무졌다. 얼굴에 은근한 미소가 걸렸다. 소윤만 생각하면 기분이 좋아졌다.

이런 먼지를 닦는 일에 소윤이 빨아준 손수건을 쓰는 것은 아깝지만 당장 휴지도 없고, 그렇다고 먼지투성이인 음료수를 그냥 가져갈 수도 없어서 할 수 없이 손수건을 사용했다.

상자를 한 손으로 들고 이리저리 닦으며 학교 정문 쪽으로 가다 무심결에 고개를 들었다. 나는 그대로 발걸음을 멈춰 세웠다.

정문에서 윤후가 걸어 나오고 있었다. 온 얼굴이 멍투성이였고, 가방끈 한쪽은 뜯어져 아래쪽으로 덜렁거리고 있었다. 입술에 묻은 피를 쓰윽 닦으며 나오던 윤후도 나를 발견하고는 걸음을 멈추었다.

학교에서 5분 정도 걸어가면 아파트 단지를 끼고 조성된 공원이 있었다. 시에서 관리하는 공원이라 그런지 조경이나 청소 상태가 나쁘지 않았다. 너무 바쁘게 살다 보니 이런 곳이 있는지도 몰랐다. 문득 공원 옆의 아파트를 보며 소윤을 떠올렸다. 소윤도 이런 아파트에 살고 싶어 하지 않을까. 지금 사는 곳도 둘이 살기에 충분하지만, 계속 엄마와의 추억이 남아 있는 곳에 사는 것이 힘들지 않을까 하는 생각이 들었다.

공원 벤치에 앉아 있는 나와 윤후 사이에는 음료수 상자가 놓여 있었다. 이것을 반품해야 하나 생각하고 있을 때 묻지도 않고 윤후가 상자를 열어 음료수를 꺼내 마셨다. 몇 모금 꿀꺽꿀꺽 삼키는 것을 보고 있자니, 윤후가 음료수 한 병을 뚝딱 비워내고는 말했다.

"우리 담임 이런 거 좋아하지도 않아요."

무슨 용도로 사 왔는지 다 알고 있다는 투로 윤후가 말했다.

"얼굴은 왜 그래?"

"왜 그럴 것 같으세요?"

당당한 말투에 말문이 막혔다. 분명 맞았겠지. 싸움을 못 하는 편도 아닌 윤후니까 아마 상대는 여럿이었을 것이다. 눈 옆에도 퍼런 멍이 올라오고 있었다. 왜 싸움이 일어났는지는 굳이 묻지 않아도 알 것 같았다.

"학교에도 소문이 퍼졌나 보구나."

윤후는 대답 없이 웃었다.

처음 윤후를 본 것은 가족 모임에서였다. 가족과 함께 만나자는 제안은 민광배가 먼저였다. 민광배는 그 무렵 가족에 대한 고민을 많이 상담해 왔다. 민광배의 아내 윤숙이 자신과의 동침을 피하는 데다, 커가는 아들은 점점 남처럼 여겨진다고 했다. 민광배가 사건 때문에 연락 없이 며칠씩 집에 들어오지 않아도 안부를 묻는 문자메시지 한 통을 누구도 보내지 않는다며, 이제는 자신마저 이런 상황이 점점 익숙해진다고 했다. 개인주의가 강한 성향도 있지 않겠느냐고 위로하는 나에게 민광배가 제안했다. 엄마가 없어도 바르게 잘 크는 소윤과 나의 모습을 보면 자신의 가족들이 좀 나아지지 않을까 생각했던 것이 뻔했다. 그 제안을 거절하지 않았다. 민광배에게 소윤과 내가 지내는 모습을 보여주고 싶은 마음이 들었던 것이다. 그 기저에는 그런 우리의 모습을 보고 그도 행복해지길 바라는 마음보다는 과시하고 싶은 마음이 깔려 있었다.

하지만 그날의 만남에 시간이 오래 지나지 않아 후회를 한 것도 사실이었다. 어른들이 이야기하는 동안 나가 있었던 윤후의 뒤를 소윤이 따라 나갔기 때문이었다. 그때부터 나는 민광배 부부의 이야기에 집중할 수가 없었다. 나는 이미 그때에도 윤후에 대해 잘 알고 있었다. 어떤 친구들과 노는지, 어떤 일로 문제를 일으켜 왔는지. 둘이서 무슨 얘긴가를 나누고 웃는 모습을 보자 더욱 불안해졌다.

그날, 집으로 가는 길에 소윤에게 윤후가 연락처를 묻지는 않았는지 물었다. 소윤은 이상하다는 듯한 얼굴로 그런 일은 없었다고 말했다. 윤후가 무섭지는 않았냐고 묻자 소윤은 그렇지 않다고 했다. 좋은 사람 같다고 했다. 그렇지 않다는 대답이 목구멍까지 나왔지만 애써 억눌렀다. 경계심 없는 얼굴에 대고 그 자식은 너에게 들러붙는 벌레라고 말하는 아빠는 되고 싶지 않았다.

그 이후로 몇 주 동안 얼마나 신경을 곤두세웠는지 모른다. 혹시 윤후와 어울리지는 않을까, 연락을 하지는 않을까 싶어서. 그런 기색이 보이지 않은 것은 다행이었다. 그 후로 몇 번인가 민광배가 가족 모임을 제안해 왔지만, 소윤이 학원 때문에 바쁘다는 거짓말로 거절했다. 눈치를 챈 모양인지 민광배 역시 그 뒤로는 가족 모임을 하자는 말을 하지 않았다. 한편으로는 민광배에게 미안했다. 불편한 감정이었다. 미안함 아래에는 그래도 싫다는 감정이 깔려 있었기 때문이었다.

예전 생각에서 벗어나며 고개를 들었다. 평일인지라 공원에는 사람이 없었다. 더운 날씨 때문에 운동을 나온 사람도 없었다. 그나마 나무 아래 벤치는 그늘이 늘어져서 사람을 한가로운 기분으로 만들어주고자 기다리고 있었다. 이름을 알 수 없는 새가 지저귀는 소리도 들렸다. 얼마 만에 듣는 새소리인가 싶지만, 여유로운 느낌은 들지 않았다.

"오늘 자퇴서 냈어요."

윤후가 말했다. 마치 남의 이야기를 하는 듯한 어조였다.

"차라리 전학을 가는 걸로 하지, 왜……."

"전학 가도 모를까요?"

뉴스가 너무 크게 터졌다. 언론에서 좋아할 만한 자극적인 뉴스거리였다. 동성애자의 강간 살인과 그걸 감추려는 현직 형사라는 타이틀, 또 그들에게 피해자와 동갑내기 아들이 있다는 사실은 그들의 인면수심을 더욱 부각시켰다. 인터넷은 물론 SNS도 함께 들끓었다. 모 사이트에서는 '신상 털기'라는 이름으로 금세 민윤후를 찾아냈다.

집은 어떨까? 아마 동네에도 소문이 다 났을 것이었다. 게다가 윤후가 지금 아빠와 엄마에 대해 어떻게 생각하고 있는지 알 수가 없었다. 만약 좋지 않게 생각하고 있다면 아빠와 엄마의 흔적이 고스란히 있는 집에서 안정을 찾을 수 있을까 하는 걱정이 들었다. 윤후는 아직 어리다.

"혼자 살 수는 있겠니?"

"혼자 살 수 없으면요?"

피식, 비웃는 듯한 윤후의 웃음이 신경을 건드렸다. 표정 변화를 읽었는지 윤후가 웃음을 터뜨렸다.

"걱정 마세요, 걱정 마. 저도 제 앞가림 정도는 할 수 있으니까요. 그보다 돈 문제나 좀 해결해주세요. 저도 두 사람 아들 안 하고 싶은데, 지금 당장 돈벌이를 할 수는 없으니까요."

"네 아빠에게 말해보마."

"이사 가고 싶다고도 말해주세요."

"어디로?"

"당분간 아저씨네 집으로 갈까요?"

눈을 새초롬하게 뜨고 윤후가 나를 보았다. 한쪽 입꼬리만 슬며시 올라가 있다. 내 반응을 떠보려는 것이다. 친구 아들이, 그것도 곤혹스러운 상황에 놓인 친구 아들이 며칠 집에 와 있겠다는데 선뜻 대답이 나오지 않는 것은 소윤 때문이기도 했다. 평소의 활달하고 성격 좋은 소윤이라면 옛날 생각을 떠올려서라도 윤후와 친하게 지내려 할 것이다. 절대로 내가 바라지 않는 일이었다.

나도 모르게 굳은 얼굴을 보고 윤후가 웃음을 터뜨렸다.

"농담이에요. 뭘 그렇게 심각한 얼굴을 하세요, 사람 민망하게."

"그게 아니라……."

"집 팔고 다른 지역에 가서 살아야 할 거 같아요."

내 변명은 관심 밖이라는 듯 윤후가 말했다. 다른 지역에 가서 '살고 싶다'가 아니라 '살아야 할 거 같다'라고 말했다. 아마 동네에서도 어지간히 소문이 난 것 같았다. 아래로 내리까는 윤후의 눈꺼풀을 보면서 안타까운 마음이 들었다.

"네 아빠랑 의논해 보고 대리인 증명서 받아서 처리해 주마."

"네. 어차피 저는 미성년자라 계약도 할 수 없겠죠."

"함께 가볼래?"

윤후가 다시 눈을 내리깔았다. 뭔가 생각을 할 때의 버릇인 것 같았다. 면회를 가보지 않겠냐는 말이었다. 윤후는 잠시 그대로 있다가 고개를 가로저었다.

"엄마는?"

윤후가 한쪽 입술 끝만 올려 웃었다.

"만나고 싶겠어요?"

나는 뭔가 말하려다가 그만두었다. '그래도 네 어머니인데.' '그래도 네 아버지인데.' 그런 말이었다. 하지만 처지를 바꿔 생각해 보면 그런 말이 나오지 않는다. 두 사람 때문에 아이는 다니던 학교도 그만두어야 하고, 자신을 알아보지 못할 동네로 이사를 가게 생겼다. '모두 널 위한 거였다'라는 민광배의 말은 윤후의 상처를 감싸줄 만한 것이 아니었다.

"집 문제 말고 다른 건 없냐."

"없어요."

"언제라도 부탁할 일 있으면 전화해라."

윤후가 고개를 들었다.

"하실 말씀 그것뿐이면 이제 가도 되나요?"

나는 윤후의 얼굴을 물끄러미 보았다. 아무런 대답 없는 그 시선을 대답으로 느꼈는지 윤후가 자리에서 일어났다. 쏟아지는 햇빛에 인상을 찡그리며 아무 일 없었다는 듯 엉덩이를 툭툭 털었다.

주저하다가 이내 입을 열었다.

"날 원망하니?"

엉덩이를 털던 손을 멈추고 윤후가 나를 보았다. 나도 윤후를 올려다보았다. 잠시 시선이 교차했다. 친구면서, 그가 숨긴 비밀이 드러나고 있는 것도 알리지 않고, 직접 체포까지 해버린 나를 원망하고 있는 건 아닌가 하는 생각이었다. 윤후는 그런 질문을 받을 줄 몰랐다는 눈이었다. 윤후는 잠깐 생각하다가 특유의 한쪽 입술만 끌어올려 웃는 웃음을 지었다.

"원망하긴요. 제가 알려드린 건데요."

****

수사는 난항에 빠져 있었다. 사건의 담당자인 민광배가 자신이 목격자라며 김정모가 범인이라 확신하고 있었고, 이전의 '예비 신부 살해사건'의 잘못된 수사로 인해 온 국민적 비난을 받았기에 팀장은 이번엔 절대 헛다리를 짚는 일이 발생해서는 안 된다고 매일 같이 못을 박고 있었다. 형사1팀원들은 민광배가 말하는 '우연'을 의심하고 있었다. 그리고 민광배의 아들 민윤후를 의심하고 있었다.

마침 화재의 의심 인물을 목격해 따라갔다가 불이 나는 것을 봤다는 것이 거짓말이라면, 범인은 민광배일까? 그럴 수는 없었다. 엄지손톱이 없는 민광배는 여고생의 목에 손톱자국을 남긴 범인이 될 수 없었다. 자연히 그 시선이 윤후에게로 넘어갔다. 그의 아들 민윤후라면 민광배가 거짓말을 하고서라도 죄를 덮을 수 있는 인물이 아닐까 하는 생각이 퍼졌던 것이었다.

"애를 조사해 봐야 할 것 같은데……. 민 선배님이 모르게는 할 수가 없고, 그러다가 아니면 이거 완전히 난감해지는 거거든요."

형사1팀의 성윤준 형사가 의논을 해왔을 때까지만 해도 나는 그저 민광배가 사건 해결 때문에 힘들어하고 있다는 것만 알고 있었다. 그래서 민광배를 불러 차를 한잔 사주고 들어오는 길이었다. 하지만 팀원들이 민광배를 의심하고 있었다니. 갑자기 신경줄이 빳빳하게 서는 것이 느껴졌다. 알 수 없는 전율이 피부에 소름을 돋게 했다. 홍보팀에 가져다줄 포스터를 든 채로 성윤준의 말을 들었다. 그 말을 듣다 보니 정말로 윤후가 의심스러웠다. 내가 알고 있는 윤후는 '절대 그럴 수 없는 아이'라고는 말할 수 없었다.

"내가 가보면 어때요?"

그렇게 말했을 때 성윤준 형사는 '살았다'는 표정을 지었다. 너무나 고마워하는 그를 뒤로하고 곧장 윤후가 다니는 학교로 차를 몰았다. 윤후에게 직접 물을 생각은 없었다. 만약 사실이 아니라면 윤후가 민광배에게 이야기를 전할 것이고, 친구인 나와 등을 지는 것은 그렇다 치고 같은 팀원들에게도 폐를 끼치게 되는 일이다.

내가 S고등학교에 갔을 때는 학교 수업이 모두 끝난 후였다. 야간 자율학습이 있어 아직 학교에는 아이들이 많이 남아 있었지만, 학원을 가는 아이 등 자율학습을 받지 않는 아이들은 빠르게 교정을 벗어나고 있었다. 그 흐름을 거슬러 교정으로 들어갔다. 나는 주변을 둘러보았다. 학교의 건물을 끼고 천천히 돌아보았다. 그다음으로는 체육관이라고 표시된 큰 건물 뒤로 돌아가 보았다. 역시나 구석에 숨어 담배를 피우고 있는 네 명의 아이들이 내 등장에 흠칫하며 손을 뒤로 돌렸다. 한 녀석이 '선생이야?' 하며 다른 학생에게 묻는 것이 보였다.

"경찰이다."

대신 대답을 하면서 한 발짝 크게 걸어 앞으로 나섰다.

모인 아이들이 입고 있는 옷은 교복이었지만 바지 모양이 제각각이었다. 엉덩이부터 복숭아뼈까지 완전히 달라붙도록 수선해서 입은 녀석이 있는 반면, 엉덩이 부분은 펑퍼짐하게 해서 발목으로 내려갈수록 좁은 모양으로 만들어 입은 녀석도 있었다.

"너희 몇 학년 몇 반이야?"

재수 없이 잘못 걸렸다는 얼굴로 네 명이 서로의 얼굴을 볼 뿐 대답하지 않았다. 위압적인 태도를 유지하며 볼펜을 꺼내 다시 물었다.

"담배 어디서 샀어?"

"몰라요."

뻔뻔한 얼굴로 하는 말에 나는 한숨을 내쉬었다. 요즘 아이들은 어른들의 머리 꼭대기에 올라앉아 있다. 담배를 피우다 걸리면 죽을죄를 지은 듯한 표정의 아이들이 오히려 순진하게 느껴질 정도다. 담배를 어디서 샀는지 물어도 대답하지 않으면 강제로 말하게 할 권리가 경찰에게 없다는 것을 아는 아이들인 것이다. 나는 볼펜으로 아이들의 머리를 한 대씩 치려다가 그것도 그만두었다. 요즘은 옛날처럼 아무 행동이나 편하게 할 수가 없다.

"너희들 민윤후라고 알아?"

"뭐래, 이 아저씨가."

앞에 선 남자아이 두 명이 피식거리며 웃었다. 하려면 훈계질 하나만 하지 이번에는 또 무슨 수작이냐는 태도였다. 어쨌거나 모르는 것 같아서 돌아서려 할 때 뒤에 서 있던 한 명이 슬쩍 손을 들었다.

"민윤후, 우리 반인데요."

나는 그 아이를 돌아보았다.

운동장 정면 쪽에 만들어진 돌로 된 계단식 스탠드에 그 아이를 데리고 가 앉았다. 학교 1층 매점에서 사 온 음료수를 내밀자 아이가 조심스레 받았다. 이름은 최영민. 윤후와 노는 그룹은 다르지만 가끔 어울리기도 한다고 했다. 친구냐고 묻자 그건 아니라고 했다. 가끔 만나 어울리면 그건 친구가 아닌가 싶었지만 굳이 묻지는 않았다. 가끔 청소년 아이들을 만나면 무슨 소리인지 모를 소릴 할 때가 있다. 아무래도 아이들은 그들만의 세상이 있는 것 같다. 이제 기성세대가 되어 버린 내 잣대가 잴 수 없을 만한 크기의 세상 말이다.

"뭘 물어보시려고요."

최영민이 조금 긴장한 얼굴로 말했다. 아까 윤후와 같은 반이라고 한 것은 자기도 모르게 툭 튀어나온 말인 듯했다. 말한 즉시 후회하는 표정을 지으면서 다른 아이들의 눈치를 보는 것을 똑똑히 보았다.

"걱정하지 마. 뭘 묻든지, 네가 뭐라고 답하든지 간에 윤후에게 전해질 것은 아니니까."

"그런 거 걱정하는 거 아니거든요."

훤히 보이는데, 그렇게 말하려다 말았다. 속이 훤히 들여다보인다고 생각하는 것도 어른들의 근거 없는 자신감인지도 모른다.

"윤후, 어떤 애냐?"

"왜요?"

나는 최영민을 빤히 보았다. 최영민이 어깨를 옹송그리며 변명했다.

"아니, 정확히 뭘 물어보는지 알아야 제가 대답을……."

"6월 2일 새벽에 어디 있었는지 알아?"

최영민이 뭔가를 잠깐 생각하는 듯하더니 눈을 휘둥그렇게 떴다.

"그 불난 데서 시체 발견됐다는 것 때문에 그러세요? 그거 범인 잡혔다면서요."

"그냥 묻는 말에나 대답해. 알아, 몰라?"

조금 더 사나운 표정으로 엄하게 말했다. 편하게 대해주면 끝도 없이 기어오르려는 것을 막는 것이다. 조금 논다 싶은 아이들과 대화하려면 이 정도 기술쯤은 갖고 있어야 한다.

"알아요."

입술을 부루퉁하게 내민 최영민이 대답했다. 그리고는 잠깐 뭔가를 생각하더니 약속을 받듯 말했다.

"말은 해드릴 건데요. 학교에 얘기하거나……."

무슨 소리를 할지 이미 알고 있다. 내가 말을 끊었다.

"네 일에는 관심 없어. 아무 불이익 없을 테니까 말해봐."

"홍대 '사이트'라는 클럽에 있었어요."

들은 적이 있는 곳이다. 술을 파는 클럽으로 당연히 청소년들이 드나들 수 없는 곳이다. 살짝 인상을 찡그렸다가 다시 물었다.

"민윤후랑 같이 갔어?"

"아뇨, 따로요. 저희는 전날 밤 11시에 갔는데 걔네는 이미 와 있었어요."

"몇 시에 나갔어?"

최영민은 곰곰이 생각하는가 싶더니 느닷없이 물었다.

"윤후가 범인이에요?"

나는 볼펜 끝으로 툭 최영민의 머리를 쳤다.

"민윤후가 범인이면 벌써 잡아갔지, 인마. 그냥 확인하는 거야. 이상한 소문내면 학교에 담배 피우는 거 알린다."

혹시나 해서 협박성으로 한마디를 더 했다. 괜히 아이들 사이에 민윤후가 범인이다, 형사가 찾아왔다, 같은 소문이 나면 재미없는 일이 벌어진다. 형사로써 주변인들에게 뭔가를 묻고 다닐 때 가장 조심하는 부분이기도 했다. 별 관심 없는 척 눈치를 보니 최영민도 윤후에 대해 깊게 생각하지 않는 것 같았다. 최영민이 직접 본 부분 때문일 것이다.

"걔네 아마 새벽까지 놀다 갔을걸요. 같이 있던 애들 중의 하나가, 정도준이라는 앤데, 다음 날 하는 얘기를 들었거든요. 새벽에 어느 대학생 누나들한테 껄떡대다가 누나들이 클럽 웨이터한테 찔러서 죽을 뻔했대요."

만일 그 말이 사실이라면 민윤후는 범인이 아니다. 그렇다면 정말 민광배의 말대로 그는 우연히 사건 현장을 본 목격자란 말인가?

그날 오후 '사이트'라는 클럽으로 찾아갔다. 민윤후의 사진을 보이고 상황을 물었다. 영업 준비를 하던 직원들이 모여 사진을 확인했다. 그러나 서로 눈치만 보고 자세한 이야기를 하려는 사람이 없었다.

"그냥 솔직히 말하세요. 고등학생 출입시킨 건 넘어갈 테니까."

지배인으로 보이는 듯한 남자가 옆으로 다가오며 히죽 웃었다. 눈이 가늘고 길게 찢어진 탓인지 쥐를 떠올리게 했다.

"요즘 애들이 꾸미면 이십 대가 아니라 삼십 대로도 보이는 거 아시죠? 게다가 신분증도 위조해서 다닌다고요. 저희가 알아서 들여보낸 건 아니고……."

"알았으니까 아시는 분 말씀 좀 해주세요."

"네. 이 녀석이 끼어 있던 패거리 맞아요. 새벽까지 놀았고, 형사님이 말씀하신 대로 새벽쯤에 여대생들한테 잘못 껄떡대다가 걸렸죠. 그때 쫓아 보냈어요. 그때가 아마 새벽 4시 반이던가."

대학생에게서 항의를 받고 아이들을 불러낸 자가 지배인인 모양이었다. 고등학생을 출입시키면 클럽도 영업정지 문제가 있으니, 무섭게 을러 내보내는 선에서 정리한 모양이었다.

"시시티브이 있죠?"

매니저가 사무실이라는 푯말이 붙은 방 안으로 나를 안내했다.

오른쪽 벽면에 십여 개의 화면이 붙어 있었다. 그가 해당 시간의 영상을 찾는 동안 기다리면서 나는 잠시 생각했다. 만약 민윤후가 클럽에서 나가 일을 저지르고 온다면 시간이 얼마나 걸릴까.

시시티브이에 찍혀 있지 않으니 여고생이 사망한 곳은 망원동 폐창고 안이 아닐 가능성이 크다. 사건을 알게 된 민광배가 시신만을 실어 폐창고 안으로 옮긴다. 우연히 방화범을 발견하고 뒤를 쫓아 폐창고 안에 불이 난 사이 차 채로 들어가 시신을 던져 놓고 나온다. 나는 지금 그렇게 사건을 추리하고 있었다. 실제 사건이 일어난 곳을 찾아야만 했지만 어쨌든 30분이라도 민윤후가 클럽에서 나갔다면 가능성이 높은 일이었다.

"찾았습니다."

쥐 상의 매니저가 뒤를 보며 말했다. 나는 그의 어깨를 밀며 매니저가 앉았던 의자에 앉아 화면을 응시했다. 민윤후와 대여섯 명의 아이들이 클럽 안으로 들어오는 영상이었다. 기계에 붙은 다이얼을 돌려 조금 빠르게 재생을 시켰다. 아이들이 자리를 이동할 때는 다른 시시티브이 영상을 매니저가 찾아 보여주었다. 모든 영상을 확인하는 데는 한 시간 이상 걸렸다. 계속 화면 속의 민윤후를 쫓은 셈이었다. 민윤후는 꽤 긴 시간을 클럽에서 보냈다. 고등학생으로 하지 말아야 할 짓도 숱하게 했다. 술을 마셨고 담배를 피웠다. 사람들 사이를 돌아다니면서 여러 여자에게 지분댔다. 자리를 비운 적은 있었지만, 십 분을 넘기지 않았다. 술에 취해 진상을 부리다 결국 새벽이 되었을 때는 클럽 직원들에게 붙들리기까지 했다.

민윤후는 내내 클럽에 있었다. 범인일 수 없다는 얘기였다.

민윤후에게서 전화가 걸려온 것은 그날 저녁이었다.

날씨가 좋은 탓인지 여의도공원에는 사람이 많았다. 약속된 장소에 가보니 십 대 아이들로 보이는 네다섯 명이 있었다. 뭘 하나 봤더니 화단 경계석을 타고 내려와 점프하며 공중에서 몸을 돌려 벤치 등받이를 손으로 짚고 바닥에 착지해 유려하게 미끄러졌다. 주변에 서 있던 사람 중 몇몇은 손뼉을 쳤지만, 몇 명은 놀라는 시늉을 하며 인상을 찌푸렸다. 민윤후는 거기서 조금 떨어진 벤치에 앉아 그들을 응시하고 있었다. 박수도, 인상을 찌푸리지도 않았다. 나는 민윤후의 옆자리에 앉으며 말했다.

"야마카시구나."

건물을 뛰어내리거나 건물과 건물 사이를 넘는 등 다양한 동작으로 달리며 마치 스턴트를 하듯이 하는 운동이다. 격렬한 운동이나 새로운 것을 좋아하는 아이들 사이에서 유행이 되어 지금은 굳이 청소년만이 아니라 성인들도 도전하고 있고, 이것을 가르쳐 주는 전문적인 학원이 있는 것도 알고 있다. 하지만 어떤 사람에게는 그저 '저런 걸 왜 하지?' '공공시설에서 뭐 하는 짓이야.' '위험하다.' 정도로 받아들여지기도 한다.

민윤후가 조금 놀란 기색을 하며 대답했다.

"정확히는 파쿠르예요. 인라인 타고 하는 건 변형된 거지만. 어떻게 아세요?"

"뉴스에도 많이 나오니까."

"우리 아빠 같은 사람은 죽을 때까지 그런 단어가 있는지도 모를 걸요."

뭐라 대답해야 할지 알 수 없어서 나는 그저 어색한 웃음만 흘렸다.

"하고 싶니?"

민윤후는 잠시 생각하다 고개를 저었다.

"속도는 좋아하지만."

아이는 거기서 말을 끊었다. 속도를 좋아하지만 스스로 움직이는 건 싫다는 뜻일까, 아니면 힘든 운동은 싫다는 뜻일까. 그것에 대해 생각하고 있는데, 윤후가 느닷없이 말했다.

"저에 관해 물으셨다면서요?"

내 한쪽 눈썹이 찡긋 올라가며 이맛살이 구겨졌다. 곤란할 때 나오는 습관이다. 이번에는 내 입이 다물렸다. 최영민은 입조심을 시켜도 곧 말할 놈이라고 생각은 했지만 이렇게 금방일 줄은 몰랐다. 그 정도로 입이 가벼울 줄이야. 아랫입술을 잠깐 깨물고는 슬쩍 웃었다. 이 정도쯤 되면 허심탄회하게 말해버리는 게 좋을지도 모르겠다는 판단이 들었다.

"네 아빠가 사건의 목격자인 건 알고 있니?"

민윤후가 고개를 저었다. 조금 커지는 동공이 거짓말 같아 보이지는 않았다. 윤후에게 민광배가 화재 현장을 목격했다고 진술한 부분에 대해 간략하게 설명해주었다. 단순한 목격이 아니라 차를 화재 현장까지 끌고 들어갔다가 나온 부분에 대해서는 그때 시신을 차로 옮긴 건 아닌지 의심하고 있다고 말해주었다.

"그럼 아빠 차를 뒤져보면 되지 왜 날 물어보고 다녀요."

민윤후의 어조에는 큰 변화가 없었다. 항의하는 말투도 아니었다. 누가 보면 남의 일을 가지고 대화를 하는 것 같이 느껴질 수도 있을 정도였다.

"그건 그냥 내 생각이니까."

"증거 없이 뒤졌다가 좆될까 봐?"

민윤후의 말에 인상이 구겨졌다. 하지만 짧은 한숨과 함께 고개를 살짝 흔들었다.

"뭐 틀린 말은 아니다만."

나는 손을 들어 민윤후의 머리를 살짝 쥐어박았다. 민윤후의 표정에는 별로 변화가 없었다. 무슨 생각인지 계속 정면만 보고 있었다. 내가 계속해서 말했다.

"그래도 섣불리 생각하지는 마라. 네 아버지가 여학생을 죽인 범인은 아니야. 범인일 수 없는 이유가 있지."

"그게 뭔데요?"

"그건 아직 말해줄 수가 없다."

물론 민광배에게 이야기가 들어갈까 봐서였다. 민광배는 오른손의 손톱이 없다. 시신의 목덜미에 남은 범인의 손톱자국의 주인공이, 그래서 될 수 없다. 윤후가 잠깐 생각하다 말했다.

"제가 범인일 수도 있으니까요?"

"너도 범인일 수는 없지. 알리바이가 확실하니까."

"벌써 다 조사하셨군요."

역시 민광배의 아들, 이라고나 할까. 영리한 부분이 있었다. 나는 그저 대답 없이 웃었다.

민윤후가 범인이 아니란 것을 알았지만 다행이라던가, 속이 시원하다던가, 이상하게도 그런 느낌은 들지 않았다.

"근데 나를 보자고 한 이유는 뭐지?"

윤후가 내 눈을 빤히 보았다. 나는 왠지 어색해져 살짝 시선을 피했다. 왠지 모를 수치감이 들었다. 이 아이는 어른들의 머리 꼭대기 위에 앉아 내려다보는 것을 즐긴다, 는 생각이 들었다. 반발심처럼 눈을 추켜올렸다. 윤후가 한숨 같은 미소를 지었다.

"아빠가 날 감싸려고 했다……. 아저씬 그렇게 생각한 거죠?"

"그래."

"틀리지 않을지도 몰라요. 결과적으로는."

"뭐?"

알아들을 수 없는 소리였다. 하지만 이 아이의 말을 들어야 한다. 인간 현재욱으로서인지 형사로서의 감각이 낸 소리였는지는 모르지만 그런 생각이 들었다.

"결국 나 때문일 수 있다는 거죠."

"하고 싶은 말이 있으면 속 시원히 해."

"나 말고도 한 명 더 있을 텐데요? 아빠가 감싸야 할 사람."

한순간 귓가에서 주변의 작은 소음들이 사라졌다. 진공 상태에 놓인 듯했다. 한 사람이 머릿속에 떠올랐지만, 그 사람일 수는 없었다. 이 아이가 대체 무슨 생각을 하는 건지 이해가 되지 않았다. 이 녀석은 알 수 없는 소리를 해놓고 혼란스러워하는 어른을 비웃으며 지켜보는 것을 즐기는 나쁜 아이다. 혼내주어야 하는데 너무 당황해서인지 입에서 나도 모르게 말이 뱉어져 나왔다.

"윤숙 씨?"

민광배 아내의 이름을 뱉자 윤후가 후, 하고 숨을 내뱉으며 웃었다. 인정하는 것이다. 머릿속이 뒤엉켰다. 속옷이 벗겨진 상태로 미루어 보아 시신에는 성추행의 흔적이 있었다. 그래서 당연히 범인은 남자라고 추정했다. 추정, 이라고 말할 뿐 '남자'라고 확신한 수사가 이루어졌다. 하지만……. 시신에 삽입의 흔적은 없다는 것이 국과수의 의견이었다.

윤후가 핸드폰을 꺼냈다. 메신저에서 누군가의 이름을 찾아 누르더니 그 사람의 프로필 사진을 열어 핸드폰을 내밀었다. 진흙탕이 되어 버린 머릿속이 가라앉기도 전이라 멍한 눈과 살짝 입술을 벌린 바보 같은 얼굴로 핸드폰을 받았다.

[엄마]

아이가 보여주려는 것은 민광배의 아내 윤숙의 프로필 사진이었다. 이것은 전날에도 본 적이 있었다. 민광배와 함께 차를 한잔 마시던 날, 우연히 윤숙의 전화가 걸려왔을 때 보았다. 무지개색 깃발 앞에서 찍은 사진.

"그 깃발, 이상한 거 없어요?"

나는 대답 없이 사진을 들여다보았다. 별로 이상한 것은 보이지 않았다. 뭔가 축제 현장에서 찍은 느낌은 났다. 윤숙은 탱크톱에 몸에 밀착되는 스키니진을 입고 얼굴과 몸에 보디페인팅을 한 모습이었다. 평소 알고 있던 모습과 달라서 당황스러웠지만 윤숙이 맞았다. 내가 얼른 알아채지 못하자 윤후가 말했다.

"여섯 색깔이잖아요. 무지개색이."

그러고 보니 그랬다. 일반적인 무지개색에서 하나의 색이 빠졌다. 하지만 그게 뭐 어떻다는 건지는 알 수 없었다. 사진을 다시 들여다보려 할 때 민윤후가 내 손에서 핸드폰을 쏙 빼내 갔다. 내 손만이 텅 빈 채로 허공에 남았다. 민윤후는 곧장 자리에서 일어섰다.

"이 정도면 저는 다 드린 거예요. 저도 자식인데 더 나갈 수는 없죠."

알 수 없는 소리를 한 후 윤후는 핸드폰을 주머니에 넣고는 나를 향해 고개를 숙였다. 그리고는 곧장 자리에서 떴다. 아직도 파쿠르를 하는 아이들은 뛰고 환호하고 땅을 구르고 있었다. 윤후는 한 번도 그쪽을 보지 않고 그곳에서 사라졌다.

나는 곧장 핸드폰을 켜 '여섯 색깔의 무지개 깃발'을 검색했다. 가장 상단에 '동성애를 상징하는 깃발'이라는 문구가 나왔다. 머릿속이 하얗게 비어 버렸다. 그리고 그날 저녁 딸 소윤의 엘라스틱과 민광배의 차에서 얻은 고무줄이 같은 것임을 깨달았다.

*****

민윤후가 어떤 생각으로 그런 중요한 사실을 털어놓았는지 나는 알 수가 없다. 하지만 물어볼 생각도 하지 않았다. 그 아이는 그 아이대로 자신의 인생을 선택한 것이라는 생각이 들었다. 억울한 죽음이 있었고, 어쨌거나 그 죽음의 진실이 밝혀졌다. 나는 그것만 보기로 했다.

경찰서에 도착해 정문에서 우측으로 꺾었다. 내가 일하는 형사2팀 사무실에 가려면 1팀을 지나쳐야 했다. 1팀 사무실에는 무거운 침묵이 깔려 있었다. 민광배의 책상은 아직 텅 빈 채였다. 감사가 끝날 때까지는 저 텅 빈 책상에 새로운 주인이 오지 않을 것이다. 다만 감사는 빠르게 끝날 것이고, 팀은 최대한 빨리 민광배의 존재를 지워 낼 것이었다.

2팀 사무실의 문을 열자 익숙한 활기가 있었다. 나는 내 자리로 향했다. 잠시 활기가 가라앉는 듯싶어 보니, 팀원들이 내 눈치를 보고 있었다. 나와 한 팀으로 자주 움직이는 후배 서상규 형사가 슬쩍 옆으로 왔다.

"이제 오십니까?"

"응."

간단하게 대답한 뒤, 책상 위에 올려져 있던 파일을 쓱쓱 밀고는 평소 하던 대로 컴퓨터를 켰다. 서 형사가 우물쭈물하면서도 옆에서 비켜서지 않았다. 머뭇거리는 그를 보며 웃었다.

"왜?"

서 형사가 내 눈치를 보며 조심스럽게 입을 열었다.

"괜찮으십니까?"

나는 그의 표정을 보았다. 그리고 그 순간 형사2팀 내 모든 사람의 시선이 나에게로 향해 있는 것을 깨달았다. 그들은 오래된 우정에 자신의 손으로 수갑을 채운 내 마음이 어떨까를 가늠하고 있는 것이었다. 그러나 나는 나 자신도 스스로의 마음이 어떤 것인지 알지 못했다. 하지만 이 순간 하나만은 확실히 알 수 있었다. 사람들이 이 일에 대해 내가 어떤 태도를 보이길 바라고 있는지를 말이다.

"괜찮아."

담담하게 대답하자 더 안쓰럽다는 시선이 날아왔다. 그때 팀장과 시선이 마주쳤다. 팀장이 가까이 다가와 어깨를 두드려 주었다.

"그래, 그게 형사지. 이 일을 하다 보면 이런저런 더러운 꼴 정말 많이 봐. 이런 일은 안 겪었으면 좋았겠지만, 이것 또한 할 수 없는 일이라고 받아들여야지. 자네 심정이 어떨지 잘 알아. 하지만 이것만은 확실히 하게. 자네는 형사로써 맞는 일을 한 거야."

말해주지 않아도 그건 확실히 알고 있다.

"힘내게."

나는 고개를 끄덕거렸다.

"이따 오후에 그 친구 좀 만나고 오겠습니다. 고등학생 아들이 혼자 남아 있거든요. 그 녀석의 일도 상의해야 하고."

"그래, 그래 다녀와. 그 길로 그냥 퇴근해도 되고."

정말이지 친구를 생각하는 마음이 대단하다는 눈빛으로 팀장이 대답했다. 나는 감사하다는 인사를 남기고는 부팅이 끝난 컴퓨터 앞에 앉았다. 망원동 화재 살인사건을 2팀에서 마무리 지었으니 KICS(형사사법정보시스템)에 사건 관련 자료 등을 등록해두어야 했다.

"그거 제가 하겠습니다, 선배님."

"괜찮아. 내가 마무리 지을게."

담담하지만 단호한 대답에 서 형사는 더 권하지 못했다. 다만 오래된 친구의 사건 처리를 하는 저 마음이 어떨까를 생각하는 듯, 한참이나 위로의 시선을 거두지 못했다.

******

미결수용자인 민광배는 서울 구치소에 수감되어 있었다. 주차장에 차를 세우고는 구치소의 건물을 물끄러미 들여다보았다. 가끔 내가 체포한 피고인을 만나기 위해 와 본 적은 있었지만, 지인을 면회하기 위해 온 것은 처음이었다. 그 기분이 생경하면서도 무겁게 느껴졌다. 구치소 안으로 들어가 다른 사람들과 마찬가지의 절차를 밟고 면회 신청을 했다. 형사의 신분을 이용하면 별도의 면회실이 배정되기도 하지만 이번에는 그렇게 하지 않았다.

면회실에서 기다리고 있자니 민광배가 고개를 숙이고 안내를 받아 들어왔다. 문득 그와 처음 만난 이후 떨어져 있던 오랜 시간을 떠올렸다. 그리고 그 시간 끝에 창 하나 사이로 우리 두 사람의 입장이 나누어져 있다. 그는 그의 시간을, 나는 내게 주어진 시간을 최선을 다해 보냈을 뿐인데 왜 같은 공간에서 서로 다른 입장이 되어버린 걸까.

훨씬 더 핼쑥해진 민광배의 얼굴을 보며 나는 그가 창 앞에 앉기를 기다렸다. 민광배는 고개를 잘 들지 못했다.

"이렇게 만나다니 너무 민망하네."

그는 혼잣말처럼 말하며 한숨처럼 웃었다.

"몸은?"

"멀쩡해."

"제대로 먹고 자고 있는 거야? 얼굴이 말이 아니야."

"며칠 전까지 형사밥 먹던 놈이 여기 들어와 있는데 멀쩡하면 그게 미친놈이지."

그는 자신의 잘못된 선택과 그것에 따라 크게 휘어진 자신의 운명을 아직 받아들이지 못하고 있는 것 같았다.

"윤후를 만났어."

고개 숙인 그의 어깨가 흠칫했다. 민광배는 용기를 내는 것처럼 아주 천천히 고개를 들었다. 눈동자에 힘이 실려 있었다.

"어떻게 지내? 엉망이지?"

"학교에 자퇴서를 냈어. 이번 일이 알려지는 바람에 학교생활이 힘들었던 모양이야."

"그랬겠지."

그는 다시 고개를 숙이고 뭔가 생각에 잠기는 것 같았다. 그리고는 아랫입술을 깨물었다. 그는 혼잣말처럼 중얼거렸다.

"여기서 중국에 있는 동생 놈한테 전화를 걸었는데……. 원래 윤후를 그쪽으로 보내려고 했거든. 근데 못 받아준다는군. 이런저런 이유를 대지만 다 거짓말일 거야."

범죄자의 자식이라서? 하고 물을 뻔 하는 것을 겨우 참아 내었다. 어쨌거나 상처가 있는 아이다. 인생은 누구에게나 버겁다. 그런 버거운 삶에 밝고 기분 좋은 아이를 들이는 것도 용기가 필요한 일인데, 상처가 있는 아이를 받아들이는 것이 쉬울 리가 없었다. 민광배는 핏줄을 믿었겠지만, 핏줄은 그가 생각하는 것처럼 강력하지 않다.

"이사를 하고 싶다는군."

민광배가 고개를 들었다. 뭔가 애원하는 듯한 눈빛을 보냈지만 나는 그의 눈을 바라봐 주는 것 말고는 더 해줄 것이 없었다. 나에게는 딸 소윤이 있고, 그런 소윤의 세상에 민윤후라는 아이를 넣을 생각은 없었다. 도와줄 수 있는 것은 도와주되, '내 삶에서 멀리 떨어질 것'이라는 조건이 붙어 있는 내 마음을 나는 똑똑히 알아차리고 있었다. 윤후에게는 뭐든 도와줄 것 같은 아저씨의 얼굴을 해놓고는, 마음속으로는 철벽을 세우고 방어하고 있는 나에게 신물이 났다. 하지만 '어쩔 수 없다'라는 변명을 앞세우고 고개를 돌리고 말았다. 나는 민광배의 얼굴을 보며 말했다.

"동네에도 다 알려지니까 살 수가 없지."

그의 집 대문에는 매일같이 해괴한 낙서들과 잔악한 부부의 손에 쓰러져간 한 떨기 꽃 같은 아이에 대해 죗값을 받으라는 비난의 글들이 적혔다. 나는 경찰서로 민광배의 집 주인이 전화를 걸어왔던 것을 알고 있었다. 그에게 전세를 내주었을 뿐인 자신이 왜 이런 피해를 봐야 하느냐는 것이었다. 은근히 이사 나갈 것을 종용하는 것이다. 그런 말을 일일이 하지 않아도 민광배는 모두 예상하고 있는 듯한 얼굴이었다. 그런 일들을 혼자 감내하고 있는 아들을 떠올리는지 견디기 힘든 얼굴을 했다.

"서류를 넣어줘. 윤후야 아직 미성년자이니까 힘들 테고 자네한테 모두 일임을 할 테니 애가 이사 갈 수 있게 도와줬으면 하는데……."

해줄 수 있을까? 하는 말을 그가 눈빛으로 대신 보내왔다.

"당연히 그래 줘야지. 학교는 어쩔까."

"갔으면 좋겠지만……. 애가 그렇게 할지는 모르겠어."

나는 윤후를 떠올려 보았다. 새로운 학교에 갈 것이라는 생각이 절대 들지는 않았다. 민광배 역시 윤후를 잘 알고 있었다. 하지만 여기서 학업이 중단되면 앞으로 아이의 인생이 어떻게 변할지는 알 수 없었다.

"윤후랑 의논해 볼게."

그렇게 말해주는 것이 내 최선이었다. 민광배는 고개를 끄덕였다. 그러고 나서는 잠시 침묵이 감돌았다. 눈을 힐끗 올려 남은 면회 시간을 확인했다. 2분이 남아 있었다. 나는 눈을 깜박였다. 숨을 깊이 들이쉬었다. 아주 잠깐, 용기가 났다.

"혹시, 날 원망해?"

민광배의 고개가 천천히 들려졌다. 그 눈이 나를 응시했을 때, 시선을 피하고 싶었지만 그대로 받아냈다. 내가 잘못하지 않았다는 것은 잘 알고 있다. 민광배의 집 대문에 뿌려지듯 쓰인 욕설처럼, 그들 부부는 죄 없는 아이를 두 번 죽인 셈이었다. 당연히 민광배가 받아낼 부분이었다. 하지만 그것은 형사로써다.

가만히 나를 응시하던 민광배는 천천히 고개를 가로저었다.

"당연히 밝혀져야 될 부분이었어. 자네는 할 일을 한 거야. 나 때문에 조금도 무거운 마음을 갖지 말았으면 좋겠어."

"고마워."

그렇게 말한 순간 면회 종료 벨이 울렸다. 민광배가 뒤를 한번 쳐다보더니 자리에서 일어섰다. 둘 사이의 대화가 가능케 했던 마이크가 꺼졌음에도 그는 목소리를 높여 한 번 더 말했다.

"이렇게 찾아와줘서 정말 고마워. 우리 윤후 좀 부탁할게."

간절한 그의 목소리가 유리창을 통과해 전해졌다. 나는 고개를 끄덕였다. 힘내, 라고도 말해주었다. 그 말이 유리막 너머로 전달됐는지는 알지 못했다. 민광배의 뒤쪽에 있던 문이 열리고 들어온 교도관이 그의 한쪽 팔을 잡아끌었다. 민광배는 다시 한번 이쪽을 돌아보고는 말없이 그를 따라 문 안으로 들어갔다.

그가 사라진 문을 한참이나 물끄러미 들여다보던 나는 정신을 차리듯 면회실을 빠져나왔다. 한낮의 햇살이 기다렸다는 듯이 쏟아졌다. 이마에 손차양을 하고는 하늘을 올려다보았다. 오늘은 상당히 더울 것 같았다.

주차장으로 천천히 걸어갔다. 문득 소윤이 생각났다. 시간을 보니 지금은 한창 수업을 받고 있을 때였다. 오늘은 일찍 퇴근해 소윤과 저녁 식사를 할 수 있을 것 같았다. 어느 집보다 다정한 부녀 사이라고 자부할 수는 있지만 소윤이 점점 커가면서 대화거리가 사라져갔다. 소윤도 아빠와 둘만의 시간을 부담스러워하는 낌새도 있었다. 역시 엄마의 빈자리는 큰 것이었다. 나는 걸음을 멈추고 뒤를 돌아보았다. 그나마 오늘은 소윤과 나눌 얘깃거리가 있다고 생각했다. 소윤이는 민광배 가족에 대해 안타까워하면서도 아빠를 걱정해 줄 것이었다. 그런 생각을 하니 기분이 나아졌다.

누구나 살면서 불행이 닥칠 수 있다. 그것은 마치 교통사고처럼 예견치 못한 것이다. 민광배는 그 불행에 휩쓸렸다. 나도 소윤의 행복이 걸려 있다면 민광배와 같은 선택을 했을지도 모른다. 나는 다행이라고 생각했다. 느닷없이 닥친 불행이 내 것이 아니어서, 민광배의 것이어서.

어쩌면 나는 그의 불행이 기쁜 것인지도 몰랐다.

너여야만 해

민윤후

*

당연히 좋아서 학교에 간 것은 아니었다. 딱히 무슨 기대를 한 것도 아니다. 그저 아침이 왔을 뿐이고, 학교에 가는 것 말고는 별로 할 것이 없어서 갔을 뿐이었다. 그날 아침 등교를 한 것은 관성적인 행동 그 이상도, 이하도 아니었다.

변화는 집 대문을 나서면서부터 시작되었다. 문을 잠그려 돌아서는데 낡아빠진 철문에 스프레이 페인트로 크게 X자를 그어놓은 것이 가장 먼저 보였다. 범죄자, 사이코패스, 죽어라, 갈보년 같은 낙서들은 조금 뒤에나 보였다. 던져져 깨진 달걀이 끈적끈적하고 누렇게 변해 길게 늘어져 있었고, 뭘 발라 놓았는지 대문 손잡이는 찐득거렸다. 지나가는 사람들이 흘깃흘깃 쳐다보는 것이 보였다.

'시팔, 어제 그 뉴스.'

어젯밤에 방영된 뉴스에서는 십 대 여고생을 강간하려다 살해한

레즈비언 여자와 그걸 감싸준 형사 남편의 이야기를 조명했다. 그러면서 잔혹한 부부가 살던 집을 보여주었다. 예쁘장하고 얼굴이 동그란 기자가 집을 배경으로 두고 '현재 그들의 집에는 침묵만이 존재할 뿐입니다'라고 멘트를 날렸다. 문제는 집을 모자이크 처리했다고는 하지만 동네 사람이 보면 누가 봐도 알아볼 만큼 어설펐다. 분명 일부러 그렇게 한 것이리라.

낙서를 지워봐야 또 해댈 것이고, 낙서를 지울 마음도 생기지 않았다. 이 앞에서 얼쩡거리다 기자라도 붙으면 골치가 아플 것 같았다. 서둘러 집을 등지고 골목을 빠져나와 학교로 향했다. 그것이 내 실수였다. 학교에 가지 않는 게 좋을 뻔했다.

십팔 년을 살면서 하라는 짓, 하지 말라는 짓을 가리지 않고 하고 살았으나, 그런 경험은 처음이었다. 내가 교실 문을 넘자마자 모든 것이 정지되었다. 떠들던 아이들, 숙제를 베끼던 아이들, 유치하게 때리고 도망가며 장난을 치던 아이들이 일순간 정지했고, 모두의 시선이 나에게로 향했다. 마치 내가 '땡'을 외쳐주지 않으면 움직이지 않을 듯한 순간이었다. '땡'을 외쳐주듯 교실 문을 넘었다.

"레즈비언이 어떻게 남자랑 붕가해서 애새끼를 낳았냐?"

쓰레기가 잔뜩 올려진 책상 앞에서 발길을 멈춰 세운 내 귀에 차가운 한마디가 날카롭게 베고 지나갔다. 뒤를 돌아보았다. 비죽 웃으며 서 있는 것은 안병주였다. 한여름에는 돼지기름이 뚝뚝 떨어질 것만 같은 비곗덩어리가 가득한 녀석이다. 학기 초, 하도 기어올라서 싸움이 붙었었다. 누가 이겼다고 말하기도 어렵게 둘 다 얼굴이 곤죽이 됐고, 나란히 정학을 맞았다. 그 뒤로는 서로를 재수 없이 여길 뿐 부딪치지 않았다. 애초에 노는 구역이 달랐다. 안병주는 힘 약한 애들을 괴롭히는 치사한 자식이었고, 학교에서 하지 말라는 짓은 학교 밖에서 다 하는 나를 안병주는 재수 없어 했다.

기회는 이때다, 하는 것이 뻔히 보였다. 안병주를 노려보는데 주변에 서 있던 최영민이 보였다. 선생들이 말하는 '민윤후 패거리' 중 한 명이었다. 시선이 마주쳤다고 생각한 순간, 최영민이 둘러싼 아이들의 뒤로 돌아서는 것이 보였다.

어차피 그럴 거라고 생각했다. 하지만 씁쓸한 웃음은 남았다.

돼지 새끼 안병주에게 대응해봤자 득 될 게 없었다. 아무 대답 없이 의자 위에 가방을 던져 놓고 한 손으로 책상 위에 늘어져 있던 쓰레기를 바닥으로 밀어버렸다. 빈 음료수 캔이 요란스러운 소리를 내며 떨어졌다. 어이가 없다는 듯 허, 웃으며 안병주가 다가와 내 한쪽 손을 잡았다.

"대답 안 해? 혹시 너도 게이…… 헙!"

오른손은 안병주에게 잡힌 채 왼손 주먹을 그대로 얼굴에 꽂아 넣었다. 아무렇게나 토해내던 안병주의 말이 입안으로 쑤셔져 들어갔다. 생각지도 못한 일격에 안병주는 뒤로 벌러덩 넘어갔다. 덕분에 내 오른팔도 자유스러워졌다. 그대로 안병주의 두꺼운 가슴팍에 올라앉아 되는대로 주먹을 날렸다. 우지끈, 뭔가 부서지는 듯한 소리가 났지만 주먹질을 멈추지 않았다. '누가 좀 말려봐' 그런 소리가 들려왔지만 누구도 막는 사람은 없었다. 안병주가 신음을 흘리지도 못할 때쯤 교실 문이 드르륵 열렸다.

"뭐 하는 짓들이야!"

담임 선생님이었다.

"자퇴서 쓸게요."

그렇게 말했을 때, 오른쪽 입술 끝이 아팠다. 안병주는 곧장 병원으로 실려 갔다. 이 일도 뉴스에 알려질까. 극악한 범죄자의 자식도 그 피를 물려받아서 한 치도 다르지 않은 놈이라고. 그런 생각을 하는데 담임 선생님이 물끄러미 보았다.

"왜 싸웠냐고 물었는데?"

"아까 보셔서 아시잖아요. 이대로 어떻게 학교에 다녀요."

책상에는 쓰레기가 가득했다. 그걸 치워봤자 나는 그 교실에서 있을 수 없다는 것을 잘 알았다. 다른 아이들에게는 나 역시 치워져야 할 쓰레기였다. 쓰레기로 넘쳐나는 교실에서 공부할 수 없으니 쓰레기를 치우려는 것 또한 어쩔 수 없는 행동이 아닌가, 하는 생각까지 들었다.

담임 선생님이 살짝 한숨을 쉬었다.

"힘들다는 거 다 안다. 나도 너에 대해서 고민이 많고 걱정도 많이……."

"무슨 고민이요?"

나는 말을 자르며 눈을 똑바로 떴다. 이런 쓰레기를 데리고 반의 분위기를 어떻게 다시 가라앉혀야 하느냐는 고민일 것이 뻔했다. 2학년으로 올라오고 나서 담임 선생님의 관심을 받아본 것은 이번이 처음이었다. 담임 선생님은 반 성적을 높이는 아이들에게만 관심이 있었다. 뒤에서 놀고 있는 아이들이 큰 문제만 일으키지 않는다면 공부를 하던지, 짐을 싸서 학교 담장을 넘든지 상관없는 사람이었다. 아무 말도 하지 못한 채 눈만 껌뻑이는 선생님을 향해 나는 일부러 반항기 가득한 눈으로 치켜떴다.

"좋은 선생님 역할 하시고 싶은 건 알겠는데, 다 안다는 얼굴 좀 하지 마세요. 빈속에 토할 것 같아서 힘드니까."

"민윤후!"

선생님의 목소리가 높아졌다. 주먹을 불끈 쥐고 있었지만 나를 때리지는 못했다. 대신 화를 가라앉히려는 듯 아랫입술을 깨물었다. 후, 하고 내쉬는 한숨이 얼굴에도 닿았다. 나는 손등으로 턱밑을 훔쳤다.

"부모님하고 상의는 했니?"

헛웃음을 치는 것도 아까워서 나는 미간을 찌푸린 채 바닥으로 시선을 두었다. 그런 범죄를 저지른 부모가 잡혀간 지 며칠 됐다고 면회까지 가겠는가. 거기다 그들의 자식인 나의 입장을 듣기 위해 지금도 기자들이 대문 앞을 서성이기도 한다. 거기에 면회를 간다면 득달같이 달려들어 '범죄자의 자식이 된 심경'을 물으려 할 것이다. '선생님이라면 가시겠어요?' 하고 물으려다가 말았다. 다른 선생님들의 시선이 느껴졌기 때문이었다. 범죄자의 가족이 되어 버린 학생을 다독여야 하는 선생님. 담임 선생님도 좋은 선생님이 되고 싶을 것이다.

이왕 이렇게 된 것, 나는 내가 쓰레기가 되기로 결심했다.

"자퇴하는데 서류가 복잡하면, 퇴학이라는 방법도 있죠."

담임 선생님은 야구부를 담당하고 있었다. 책상 옆에 야구 배트가 세워져 있었다. 나는 자리에서 일어나 배트를 움켜쥐었다. 무슨 일이 벌어질지 보지 않아도 안다는 듯이 선생님이 앉은 자리 그대로 바퀴 달린 의자를 밀어 물러서더니 날카로운 눈을 했다.

"내려놔. 너도 똑같은 범죄자가 되고 싶어?"

이제야 평소의 그의 얼굴로 돌아왔다.

교무실은 부수지 않았다. 그렇게 하기 전에 선생님이 자퇴서를 들고 왔다. 담임 재량으로 숙려 기간을 가질 수도 있지만 모두 건너뛰고 바로 처리하기로 했다. 어른들은 겁이 많다.

운동장을 내려서니 생경한 기분이 들었다. 모두 1교시 준비를 하고 있는 그 시각, 운동장을 가로질러 나오는 것은 처음이었다. 수업이 남았는데도 학교 담장을 넘은 적은 있지만, 혼자는 아니었다. 지금 내 뒤쪽, 특히나 교실에서는 누군가 이쪽을 내다보고 있을지도 모른다. 그런 생각이 든다. 나는 철저히 혼자라고.

생각해 보면 단 한 번도 혼자였던 적이 없었다. 아빠가 그렇게 벌레를 보듯 보던 놈들이라도 친구였다. 하지만 오늘은 그 누구도 내 옆에는 없었다. 아빠의 말대로 그들은 벌레였을까, 아니면 내가 벌레여서인 걸까. 어쩌면 언젠가 사라져 버릴 환영 같은 것이었을지도.

그런 생각을 하면서 나오는데 눈에 익숙한 인물이 보였다. 현재욱, 아버지의 오랜 친구로 이번 체포에 가장 큰 공을 세운 인물이다. 날 빤히 바라보고 서 있는 아저씨를 보면서 생각했다. 저 아저씨 역시 벌레일까, 환영일까.

아저씨는 한쪽 손에 선물용 음료수 상자를 들고 멍하니 서 있었다.

"혼자 살 수는 있겠니?"

그 질문에 피식 웃음이 나왔다. 혼자 살 수 없으면 어떻게 하겠다는 걸까. 그런 얼굴을 하고서. 아저씨의 얼굴에는 친구 아들에 대한 안타까움보다 '이 아이를 내가 돌봐야 되는 건 아니겠지?' 하는 경계가 더욱 깔려 있었다.

"걱정하지 마세요, 걱정하지 마. 저도 제 앞가림 정도는 할 수 있으니까요. 그보다 돈 문제나 좀 해결해주세요. 저도 두 사람 아들 안 하고 싶은데, 지금 당장 돈벌이를 할 수는 없으니까요."

"네 아빠에게 말해보마."

지금 당장은 급하지 않다. 두 사람 모두 집에 지갑을 두고 체포됐다. 통장을 찾아보니 혼자서 몇 달 정도는 생활할 수 있을 만큼의 돈도 있었다. 카드를 쓰면 알아서 자동 이체될 것이었다. 문제는 그다음부터였지만.

"이사 가고 싶다고도 말해주세요."

"어디로?"

조금의 지체도 없이 되묻는 얼굴을 보니 비위가 뒤틀렸다. 장난이 하고 싶어졌다.

"당분간 아저씨네 집으로 갈까요?"

아저씨의 딸이 떠올랐다. 처음 만났을 때 원피스를 입고 있었다. 잘록하게 들어간 허리와 허벅지 중간까지 내려오는 길이의 흰 원피스였다. 팔을 들 때마다 치마 끝이 불쑥불쑥 올라갔다. 얼굴만큼이나 하얀 허벅지였다. 마음이 동하지 않았다면 거짓말이지만 그건 남자로서의 감정보다는 부수고 싶은 감정이었다. 벽이 너무 깨끗하면 낙서가 하고 싶은 것처럼.

예상은 했지만 아저씨의 얼굴에는 곧장 곤혹스러운 기미가 서렸다. 오래된 친구라는 명목으로 표정 관리도 못 할 만큼 순식간에 드러난 감정이었다. 짜증이 났다. 그런 주제에 무슨 잘난 척이 하고 싶어서 싸구려 음료수 세트를 사 들고 온 것인가. 그저 못난 친구를 둔 죄로 여기까지 온 착한 친구 역할이 하고 싶은 것이 아닌가. 그 알량한 마음을 한껏 비웃어 주고 싶어서 웃음을 터뜨렸다.

"농담이에요. 뭘 그렇게 심각한 얼굴을 하세요. 사람 민망하게."

"그게 아니라……."

"집 팔고 다른 지역에 가서 살아야 할 거 같아요."

아저씨는 서류를 준비해주겠다고 했다. 겉과 속이 다른, 제일 싫어하는 인간 부류지만 이럴 때는 쓸모가 있다. 집은 지금 사는 것보다 훨씬 작은 집으로 사고 나머지 차액을 챙길 생각이었다. 어머니든 아버지든 양쪽 모두 형량이 몇 년 나오든지 간에 앞으로 같이 살 생각은 없었다. 어차피 같이 살자고 할 면목도 없을 테니까.

면회를 가보지 않겠느냐는 말에 거절하고 일어나려 했다. 언제든 부탁할 일이 있으면 전화하라고 아저씨가 말했지만, 그건 그냥 해보는 말인 것쯤은 잘 알고 있었다. 마지막까지 참 재수 없는 인간이었다. 사용할 가치가 없으면 상대하고 싶지도 않았다. 거절한 후 일어나려던 그때 아저씨가 물었다.

"날 원망하니?"

묻지 않아도 무엇을 이야기하는지 알고 있다. 나는 인상을 구겼다. 이 인간은 역시나 재수가 없다. 기억하고 싶지 않은 것을 떠올리게 하니까.

**

그날은 모든 것이 재수 없었다. 덥기도 무척 더워서 가만히 있어도 숨이 턱턱 막혔다. 아니, 그래서 가만히 있을 수 없었다. 사십 명의 아이들이 뿜어내는 열기를 두 개의 선풍기만으로 가라앉히기에는 역부족이었다. 어머니회에서 기증했다는 에어컨은 일정 온

도가 올라가지 않으면 켜지 않는다고 하는데, 얼마나 더 들끓어야 켤지 알 수 없었다. 애초에 기증받은 에어컨이 껍데기밖에 없는 전시용이 아니냐는 농담이 아이들의 지친 입에서 나오던 그런 날이었다. 그때 나는 중학생이었다.

"나가자."

성채호의 한마디에 나는 기다렸다는 듯이 일어났다. 드르륵 의자를 내밀고 일어나자 서른여덟의 시선이 뒤를 돌아봤다가 아무것도 못 봤다는 듯 다시 앞으로 향했다. 어차피 도움이 되지 못할 거면 시끄럽게 굴지 말고 나가라는 듯한 등짝이었다. 그 등짝들이 재수 없었다. 일부러 성채호의 어깨에 팔을 두르고 여유롭게 교실을 빠져나왔다. 아직 점심시간까지 1교시나 더 남아 있었지만 그런 건 하나도 신경 쓰지 않았다. 그것이 멋있는 거라고, 저 등짝들 위에 서 있는 거라고, 그때는 그렇게 생각했었다.

"여긴 좀 시원하다."

"넌 시원한 거랑 음산한 거랑 구분도 못 하냐, 병신아?"

"너 무서워서 그러냐? 네가 병신이네."

둘이서 낄낄거리며 숨어든 곳은 학교에서 이십여 분 정도 떨어진 한 동네였다. 재개발을 앞둔 곳으로 3분의 2 이상이 이사를 나갔다. 나간 집 대문에는 빨간색 페인트 스프레이로 커다랗게 X자를 그어 놓고는 '철거 예정'이라고 적혀 있었다. 그것이 나나 성채호 같은 아이들에게는 마음 편히 들어가라는 메시지나 다름없었다.

벽지를 북북 찢어놓아 꺼멓게 드러난 시멘트벽에 기대앉아 주머니에서 담배와 라이터를 꺼냈다. 담배를 입에 물자 성채호가 손을 내밀었다. 하찮은 것을 보듯 그 손을 내려다보며 일갈해주었다.

"돛대다, 병신아."

씨이, 성채호가 인상을 구기며 일어났다. 담배를 사러 나가는 거라고 생각했다. 교복을 입고 있어도 담배는 살 수 있었다. 천 원만 더 주면 담배를 대신 사다 주는 어른들이 지하철 근처에 수두룩했다. 혼자 남은 내가 두 모금쯤 연기를 빨았을 때 대단한 것을 발견했다는 듯이 성채호가 들어왔다. 한쪽 손에 검은 봉지를 들고 있었다.

"씨발, 대박! 이거 봐."

"뭔데?"

나는 벽에서 등을 떼고 상체를 일으키며 그를 올려다보았다. 성채호는 내 앞에 털썩 주저앉더니 대단한 먹잇감이라도 구해온 것처럼 자랑스럽게 봉지를 벌렸다. 검은 봉지 안에는 노란색 본드가 열 개쯤 들어있었다. 성채호를 올려다보았다.

"공사하는 사람들이 놓고 간 건가 봐."

성채호는 비닐을 뒤집었다. 본드들이 우르르 쏟아져 나와 바닥을 굴렀다. 성채호는 비닐을 벌려 놓고 뚜껑을 따서 비닐 안에 본드를 꾹꾹 눌러 짜기 시작했다. 투명한 노란색 액체가 비닐 위에 진득하니 쏟아졌다.

"불게?"

"그럼 씨발, 내가 너랑 붙어먹으려고 본드 갖고 왔겠냐? 왜? 하기 무섭냐?"

무시하는 듯한 시선을 보내며 성채호가 마지막 본드를 꾹 눌러 짜고는 저만치 던져 버렸다. 그리고는 냄새가 빠져나가지 않게 입에 대고는 호흡을 하기 시작했다. 점점 호흡이 깊어질수록 성채호의 눈빛에서 뭔가가 후루룩 빠져나갔다. 황홀경에 빠진 얼굴로 성채호가 나를 보았다. 조금 전 교실을 빠져나올 때 우리를 흘끗 보고 다시 고개를 돌리던 같은 반 아이들의 눈빛이 머릿속에 되살아났다.

재수 없다.

그 생각이 머릿속에 떠오른 순간, 나는 성채호에게서 봉지를 빼앗아 들고 똑같이 호흡하기 시작했다. 시간이 지나자 머릿속이 어지러우면서 몸이 붕 뜨는 기분이 들었다. 눈앞이 휘도는데 어지럽지는 않고 기분이 좋았다. 회벽이던 세상이 총천연색으로 빛났다. 성채호는 이미 옆에 누워 있었다. 그 옆에 벌러덩 드러누워 처음 보는 세상과 처음 보는 감각을 맛보았다.

"요것들 봐라?"

그때 들려온 날카로운 목소리는 처음엔 내 감각 속을 뚫지 못했다. 우악스러운 손이 멱살을 잡아챘다. 어이없다는 듯 히죽 웃는 손의 주인공은 덩치가 꽤 있었다. 그냥 뚱뚱한 것이 아니라 온몸이 단단했다. 덩치의 뒤에는 두 명 더 있었는데 한 명은 내 손에서 던져진 검은 비닐봉지를 확인하고 있었다.

"이 새끼들이 다 불었는데?"

본드의 주인인 것 같았다. 정신을 차리려고 했지만 잘되지 않았다. 순간 눈앞에 불빛이 번쩍 터지며 내 몸이 구석으로 내던져졌다. 얼굴 위로 정신을 차릴 수 없이 주먹질이 가해졌다. 여전히 눈앞이 휘돌아 정신을 차릴 수 없었고, 온몸에 빠진 힘이 돌아오지 않아 저항도 할 수 없었다. 나보다 한두 살쯤 많아 보이는 그들은 쉴 새 없이 욕을 뱉고, 또한 쉴 새 없이 우리를 비웃었다. 얼핏 보니 이미 성채호는 두 명에게 감싸인 채 밟히고 있어서 보이지도 않았다. 나는 정신을 차리는 것을 포기하고 온몸의 힘을 뺐다. 몸이 바닥으로 꺼져 들어가는 것 같았다. 통증 같은 건 없었지만, '재수 없네' 하는 생각은 들었다.

'진짜 재수 없네.'

집의 문을 열자마자 윤후의 머릿속을 스쳐 지나간 것은 그 생각이었다. 현관문에 놓여 있는 농구화 한 켤레 때문이었다. 산 이후로 한 번도 빨지 않은 듯 누렇게 변색된 낡은 운동화는 아버지의 것이었다. 신발장이 있는 벽에 붙은 거울로 얼굴을 확인했다. 가려도 소용없을 만큼 얼굴은 엉망이었다. 살짝 문을 연 것이 다행이었다. 나중에 보면 '아버지에게 인사도 하지 않냐'로 시작해 '대체 뭘 어떻게 배워 처먹은 거냐'를 거쳐 '당신은 애를 어떻게 가르쳤냐'로 끝나겠지만, 지금 걸리는 것보다는 훨씬 나을 듯했다. 소리가 나지 않게 온 신경을 곤두세워 신발을 벗었다. 내 방이 현관에서 가장 가까운 방이라서 차라리 다행이었다.

"당신 미쳤어?"

방 앞에 다다랐을 때 날카로운 목소리가 들려왔다. 나는 걸음을 멈췄다. 아버지의 목소리였다. 우리 집에서 이런 소리가 나오는 것은 그다지 신기한 일이 아니었다. 자주 들어오지 않아 그렇지 사람을 벼랑 끝까지 내모는 듯한 저런 말은 아버지가 자주 하는 말이었다. 하지만 그 대상이 내가 아닌 것은 처음 있는 일이었다.

지금에 와서는 가끔 그 순간을 생각한다. 그냥 평소처럼 아버지가 또 잔소리를 해대는구나 생각하고 방에 들어갔더라면, 아무것도 몰랐더라면 어땠을까, 하고. 아마 모든 것이 달라지지 않았을까. 하지만 그날 나는 그 자리에 걸음을 멈춰 세우고, 어쩌면 내 인생을, 아니 모든 것을 바꿔버린 그 말을 듣고야 말았다.

"그건 범죄야. 아니, 그걸 떠나서 당신 대체……."

아버지의 목소리는 떨리고 있었다. 혼란스러워하고 있었다. 그래서 나는 더욱 혼란스러웠다. 그런 아버지의 목소리는 처음 들어봤기 때문이었다. 그리고 그렇게 시작한 혼란은 점점 더 그 위세를 키워 나를 덮쳤다.

"그래, 차라리 잘됐어. 맞아. 나 레즈비언이야."

날카롭게 벼린 무언가가 내 뒤통수를 파고들어 온 것 같았다. 엄마의 목소리는 담담했다. 누가 보면 남편이 일하고 있는 사이 집안에서 성실히 일한 여자가 자신의 권리를 주장하는 것 같았을 것이었다.

안타깝게도 나를 덮친 충격은 거기서 끝나지 않았다. 레즈비언인 엄마는 어린 여자아이들의 몸을 보면 피가 끓는다고 했다. 범죄인 건 알지만, 눈에 보이면 자신도 주체할 수가 없다고 했다. 그 모든 것이 이 결혼 때문이라고 했다. 결혼을 괜히 해서 억압받은 자신의 성적 욕구가 잘못된 거라고 악을 썼다. 아버지는 아무 말도 하지 않았다. 입장을 바꿔 나라도 입이 막혔을 것이다. 아버지는 그저 결혼을 했을 뿐이다.

얼마 전 아파트에 중학생 여자아이 강간미수 사건이 벌어졌다며 여름철에도 아파트 문을 꼭 잠그라는 관리사무소의 공지가 떠올랐다. 지금 두 사람의 대화는 그 범인이 엄마라는 얘기였다. 말도 안 되는 미친 소리 같았지만, 자신의 잘못은 하나도 없는 것처럼 말하는 담담한 목소리의 엄마는 그 범인이 자신이라고 말하고 있었다.

아버지의 강압적인 훈육에서 날 감싸주던 엄마는, 학교는 가야 한다고 침대에서 날 이끌던 엄마는 대체 누구였는가 싶었다. 엄마가 생경했다.

"결혼할 땐……. 아니었잖아."

"처음엔 억지로 참았어. 윤후를 낳자마자 당신과는 한 침대에도 있기 싫었어."

"그럼 왜 결혼을 한 거야."

"대한민국에서 레즈비언으로 사는 게 쉬운 줄 알아? 우리 엄마는 이걸 정신병이라고 생각했어. 당신이랑 살면 나을 거라고 생각했어. 나도 혼란스러워서, 정말로 참고 살면 될 줄 알았는데, 참고 사니까 이렇게 됐어."

말도 안 되는 변명이었다. 레즈비언이라고 해서, 레즈비언을 이해해주지 못하는 대한민국에 산다고 해서 다 범죄자가 되는 것은 아니었다. 성추행을 당했다는 그 아이를 아파트 단지 내에서 본 적이 있었다. 나와 같은 또래의 아이였다. 아이가 있는 어미라는 인간이 그런 짓을 도대체 할 수 있는 것인가. 나는 방에서 들려오는 목소리가 지금껏 알고 있던 엄마의 목소리가 아니라 짐승의 이기적인 변명으로만 들렸다. 그 이후로 아무것도 차라리 듣지 않았으면, 아무것도 몰랐으면 좋았을 거라고 몇 번이고 생각했다.

그날은 모든 게 재수 없었다.

***

"원망하긴요. 제가 알려드린 건데요."

나는 자리에서 일어났다.

"이사 얘기 결정되면 알려주세요."

"그래. 무슨 일 있으면 언제라도 연락해라. 도울 일이 있으면 도와줄 테니까."

그렇게 말하는 아저씨를 물끄러미 바라보았다. 웃음이 나오려는 것을 참았다. 도울 일이 있으면 이라……. 그것은 아저씨가 정한

선을 넘지 않는 선에서, 라는 말이 기저에 깔려 있었다. 모든 것을 이해한다는 얼굴로, 네가 안타깝다는 얼굴로, 그러면서도 이건 너의 불행이라는 얼굴을 하고 있는 아저씨가 재수 없었다. 돈 문제가 아니라면 만나고 싶지 않은 사람이었다.

아저씨와 헤어지고 곧장 집으로 향했다. 버스를 타야 했지만 그냥 걸어서 갔다. 도착해야 하는 시간이 정해져 있는 것도 아니고 어차피 기다릴 사람도 없었다. 늘 학교에 있던 시간에 밖에 나와 걷고 있으니 모든 것이 생경하게 느껴졌다. 하다못해 내리쬐는 햇볕까지 평소와는 다르게 느껴졌다. 햇볕이 이렇게 강하게 내리쬐었던가. 회벽 안에 갇혀 있는 그동안 세상에는 이렇게 밝은 빛이 내리쬐고 있었던 것이다.

버스로는 이십여 분이면 갈 거리를 한 시간 넘게 걸려 도착했다. 집이 있는 골목으로 들어서자 다시 햇볕은 사라졌다. 대신 나를 향한 경계의 시선이 느껴졌다. 햇볕보다 피부를 따갑게 하는 것은 멸시의, 비난의 시선이었다.

범죄자의 자식이니 뻔할 것이다.

동네에서 떠나줬으면 좋겠다.

나를 향한 시선들은 그렇게 말하고 있었다.

아버지가 이런 상황을 걱정해 중국으로 날 보내려 했다는 것을 나중에 알았다. 아버지가 나를 위해 범죄를 뒤집어쓰려 했다는 사실을 들었을 때는 솔직히 좀 놀랐다. 늘 나를 못마땅해한다고 생각했다. '왜 저런 게 나와서는'이라는 말을 들은 적도 있다. 그건 태어나게 한 사실 자체를 후회하는 말이었다. 아버지는 부정이라는 게 없는 사람인 줄 알았다. 고맙지는 않았지만 의외이기는 했다. 아버지가 구속된 이후 한 번도 찾아가지 않았고, 앞으로도 그럴 생각은 없었지만 어쩔 수 없이 만나야 하는 상황이 온다면 물어보고는 싶었다. 왜 그랬는지 말이다. 아들인 날 위해서가 아니라, '아들을 위하는 아비의 마음'이 있다는 것을 스스로 증명해 보이고 싶었던 것은 아닌지 말이다.

집으로 가는 길 중간에 보이는 편의점으로 들어갔다. 컵라면과 전자레인지에 데워 먹을 수 있는 햄버거, 삼각김밥과 과자 몇 봉지 그리고 콜라 1.5리터짜리 페트병 하나를 바구니에 담았다. 편의점에는 대학생쯤으로 보이는 아르바이트생이 계산대를 지키고 서 있었는데, 연신 나를 흘깃거려댔다. 신경을 쓰지 않으려 했는데, 도난 방지를 위해 천정에 설치한 원형 거울에 그가 핸드폰을 슬쩍 들이대는 게 보였다. 내 사진을 찍으려는 모양이었다. 나는 계산대를 향해 몸을 확 돌렸다. 아르바이트생이 얼른 핸드폰을 내려놓고 아무 일 없었다는 듯 앞으로 손을 모았다. 나는 계산대 위에 물건이 든 바구니를 내려놓고는 아르바이트생이 내려놓은 핸드폰을 집어 들었다.

"어……."

아르바이트생이 당황하며 핸드폰 쪽으로 손을 뻗었지만, 가볍게 몸을 젖히며 손을 피했다. 곧장 핸드폰을 켰다. 핸드폰은 잠금이 되어 있지 않았다. 사진 기능을 켜서 셀카 모드로 돌린 뒤 나는

브이 자를 그리고 환하게 웃으며 사진을 찍어댔다. 내 어깨 뒤로 당황한 아르바이트생의 얼굴이 그대로 찍혔다. 열 장도 넘는 사진을 찍은 뒤에야 핸드폰을 돌려주었다.

"레즈비언 살인자 아들이 잘 처먹고, 잘 웃으며 잘살고 있다고 올리고 싶으면 올리세요."

"어, 저기……."

"계산."

멍청해진 얼굴로 어쩔 줄 모르던 아르바이트생이 바코드를 찍기 시작했다. 만 원짜리 두 장을 내밀고 턱을 든 채로 그를 내려다보았다. 그의 손길이 더욱 긴장하는 것이 느껴져서 재밌기까지 했다. 떨리는 목소리로 금액을 알려준 아르바이트생이 잔돈을 조심스럽게 내밀었다.

"저기, 봉투 필요……."

말이 끝나기도 전에 잔돈을 챘는데, 손길이 닿자 흠칫하는 것이 느껴졌다. 범죄자의 새끼가 무서운 걸까. 알 수 없는 우월감이 들었다. 집 근처로 가자 저 멀리서도 대문에 적힌 욕설들이 보였다. 입에 담기도 힘든 말들, 그래서 이렇게 대문에 뿌려놓은 걸까. 그래, 어쩌면 저걸 적은 자들도 무서우니까 그런 것일 수 있다. 어차피 마주치면 아무 말도 못 할 새끼들……. 그런 생각을 하자 아침에 낙서를 봤을 때 느꼈던 더러운 기분은 조금도 들지 않았다.

그렇게 집 앞까지 갔을 때, 최영민이 와 있었다.

햄버거를 싸고 있는 걸 포장지를 조금 뜯고 전자레인지에 넣었다. 전자레인지용 그릇에 따로 담아 돌려야 할지, 종이 채로 돌려야 할지 잠시 고민했지만 귀찮아서 그냥 그렇게 했다. 예전 같았으면 엄마가 다 알아서 해줬겠지만, 앞으로는 모두 혼자 해야 할 일이다. 햄버거 데워먹기 하나부터 혼자 살아내는 것까지.

물을 끓이는 전기 포트에 생수를 붓다가 거실에 앉아 있는 최영민을 향해 소리쳤다.

"라면 먹을래?"

"아니."

조금 더디게 느껴지는 대답이 돌아왔다. 뭔가 이상함을 느껴 슬쩍 그쪽을 보았다. 최영민은 면접이라도 보러 온 사람처럼 두 손을 잔뜩 오므린 다리 위에 올려놓고 눈을 깜박이고 앉아 있었다. 집 안을 둘러보면 실례라도 된다고 느끼는지 틀어놓지도 않은 티브이 화면 쪽만 물끄러미 보고 있었다.

컵라면을 하나 끓일 분량의 물을 전기 포트에 붓고 스위치를 올렸다. 그 사이 전자레인지의 햄버거가 다 데워졌다. 배가 고파서 한입 크게 깨문 후 나머지를 쟁반 위에 올렸다. 우물거리고 있자니 전기 포트 물도 다 데워져서 컵라면에 붓고는 함께 쟁반에 올려 거실로 나왔다. 최영민의 맞은편에 앉아 쟁반을 내려놓고 햄버거를 우걱우걱 먹기 시작했다. 안에 들어 있는 소스 맛은 나쁘지 않았지만 전자레인지로 데운 빵은 질기고 눅눅했다. 그래도 배를 채우는 데는 나쁘지 않았다. 반쯤 먹어 치운 햄버거를 내려놓고 이번에는 컵라면의 뚜껑을 젖혔다. 나무젓가락을 뜯어 휘휘 저어 보니 아직 반도 익지 않았다. 다시 컵라면의 뚜껑을 덮고 뭔가로 눌러 놓을 것이 없을까 하고 주변을 돌아볼 때 최영민이 말했다.

"박소라 얘기, 경찰한테 안 했어."

반사적으로 내 움직임이 우뚝 멎었다. 잠시 그대로 있다가 아무렇지도 않게 눈앞에 있던 티슈 상자로 컵라면을 눌러 놓았다. 그리고는 남은 햄버거를 우걱우걱 씹기 시작했다.

"그날 너랑 놀던 애, 박소라 맞지? 이번에 죽은 애."

눅눅한 햄버거 빵이 목구멍 근처에서 잘 넘어가지 않았다.

****

그날, 홍대에 있는 클럽 '사이트'에 들어갈 때부터 그 아이를 알아보았다. 이름은 몰랐다. 학교도 알지 못한다. 대화를 나눠보거나, 친구의 친구 같은 것도 아니었다. 그 아이는 아무것도 모르겠지만, 나에게 그 아이는 '재수 없는' 아이였다.

엄마의 성향을 알게 된 후 엄마를 어떻게 대해야 할지 모르겠고, 아무것도 알 수가 없어서 머리가 혼란스럽기만 했다. 평소 나를 대하는 엄마는 여전히 그대로였지만 내가 엄마에게 갖는 느낌은 완전히 다른 사람이었다. 집에 들어가는 것도 싫었다.

어떻게든 밖으로 나돌다가 정말 갈 곳이 없으면 집으로 들어가

길 반복했다. 가끔 부딪치는 아버지는 '대체 뭐가 불만이냐!'며 소리쳤지만, 그 얼굴에 대고 무슨 말을 해야 할지 몰랐다.

그날은 같이 몰려다니는 녀석들도 웬일인지 일이 있거나, 가야 할 곳이 있다며 먼저 가버려 나만 혼자 남은 날이었다. 집을 향해 가다 말고 망원동 쪽에서 빠져 골목길로 들어갔다. 이름도 알지 못하는 동네를 그냥 발걸음이 닿는 대로 걸어 다녔다. 지금 시간에 집에 들어가면 엄마와 단둘이 있어야 할 것이 뻔했다. 그것만큼은 어떻게든 피하고 싶은 일이었다. 그 손으로 차려주는 밥을 먹고 싶은 생각도 없었다. 그러고 보니 배가 고팠다. 주머니에 들어 있는 것은 삼천 원이 고작이었다. 가까운 곳에 슈퍼가 있어 그쪽으로 향했다. 하지만 나는 안으로 들어가지 못한 채 걸음을 멈추어야 했다.

엄마였다.

멀지 않은 곳에 엄마가 있었다. 슈퍼의 입구 쪽 껌 진열대 앞에 서 있었다. 대체 엄마가 왜 여기에 있는지 처음에는 이해가 되지 않았다. 집과는 완전 반대 방향이었고, 집 바로 앞의 중소형 마트를 엄마는 늘 이용했다. 여기 있을 이유가 없는 엄마였다.

엄마의 성향을 알게 된 날을 나는 저주했다. 그리고 그다음으로는 그날 그 순간일 것이다. 만약 내가 '엄마, 지금 여기서 뭐해?' 하고 다가갔다면, 나는 그 여자아이의 존재를 알지 못했을 테니까.

엄마의 시선 끝에는 한 여자아이가 있었다. 검은 긴 생머리가 봉긋한 가슴 위까지 내려와 있었고, 교복 치마를 미니스커트처럼 줄여서 엉덩이 라인이 다 드러나도록 입은 여자아이였다. 그 아래로 흰 다리가 곧게 뻗어 있었다. 알지 못하는 아이였으나 어디선가 본 듯한 아이기도 했다. 잠시 뒤 왜 본 듯한 아이라고 생각했는지 깨닫게 되었다. 이사 오기 전 그 아파트에서 피해를 본 그 아이와 비슷한 느낌이었기 때문이다. 긴 머리, 흰 피부.

클럽 '사이트'에서 그 여자아이를 본 순간 나는 가슴께의 피가 뜨거워지는 것을 느꼈다. 그 아이는 세 명쯤 되는 여자아이들과 함께 있었다. 당연히 교복 차림은 아니었다. 원래 좋아하는 스타일인 듯 몸에 달라붙는 미니스커트에 오프숄더 스타일의 블라우스를 입고 있었다. 한쪽 손에 든 맥주가 아주 자연스러웠다. 당연히 고등학생이라고 생각하는 사람들은 없었을 것이다. 나를 포함한 아이들이 이곳에 들어올 때와 마찬가지로 말이다.

그때 옆에 있었던 것이 최영민인지 아니면 다른 친구인지는 기억나지 않는다. 나는 옆에 서 있는 녀석의 어깨를 툭 치고는 턱 끝으로 그쪽을 가리켰다. 같이 있는 여자아이들도 스타일이 나쁜 편이 아니라서 곧장 그쪽으로 향했다. 여자아이들의 사이를 파고들며 나는 그 아이 앞으로 갔다. 그 아이가 내 얼굴을 확인하고는 살짝 미소를 짓는 것이 보였다. 그 아이도 내가 마음에 드는 모양이었다. 나는 들고 있던 맥주병을 들었다. 그러자 그 아이가 들고 있던 맥주병 끝을 톡 부딪쳐 왔다.

"아까부터 추고 있던데 저쪽 가서 둘이 마실래?"

음악 소리에 묻힐까 봐 목소리를 높여 말했다. 그 여자아이가 고개를 끄덕거렸다. 친구들과 눈빛으로 사인을 주고받는 것 같았으나 나는 상관하지 않았다.

"박소라야."

테이블에 가서 앉자 그 아이가 말했다. 나는 그 아이의 눈을 똑바로 보며 말했다.

"너 고딩이지?"

박소라의 눈빛이 한순간 흔들렸다. 그리고는 피식 웃었다. 박소라는 나름 저돌적인 눈빛을 하며 말했다.

"그래서 싫어?"

"환영이지."

둘 사이를 끼어들며 말을 가로챈 것은 최영민이었다. 플로어 쪽을 보니 최영민은 짝을 이루지 못한 것 같았다.

"박소라? 나는 최영민."

셋이서 술을 마시기 시작했다. 박소라는 줄곧 나를 쳐다보았다. 흘긋흘긋 최영민을 보는 시선에 나는 가슴 안쪽의 차갑고 서늘한 어두운 공 하나가 자리 잡는 것을 느꼈다. 박소라는 최영민이 자리를 뜨는 즉시 분명 전화번호를 물어올 것이었다. 공인 줄 알았던 것이 슬쩍 고개를 든 순간 그것이 작은 악마라는 것을 그 순간의 나는 분명히 알았다. 하지만 그 악마를 억누를 생각도 없었고, 다룰 줄도 몰랐다. 나는 박소라에게 계속 술을 권했고, 박소라는 자신이 얼마나 '잘 놀 줄' 아는 애인지 보여주겠다는 듯 주는 대로 삼켜댔다.

"야, 이제 위험한 거 아냐?"

최영민이 나를 향해 속삭였다. 나는 그가 조금 귀찮았다. 하지만 참을성 있게 웃으며 목소리를 낮추고 말했다.

"얼른 보내려고 그래. 애가 후지잖아."

"왜? 난 맘에 드는데."

최영민은 입을 쩝 다시며 박소라를 보았다. 이미 박소라는 몸을 가눌 수도 없을 만큼 만취해 있었다. 아무리 맘에 들어도 그 상태는 싫은지 최영민은 내 어깨를 몇 번 두드리고는 다른 무리 속으로 가버렸다.

"나갈래?"

내가 묻자 고개를 옆으로 꺾고는 몸을 흔들거리고 있던 박소라가 온 힘을 다해 몸을 곧추세웠다. 자꾸 감기려는 눈에 힘을 꽉 주고는 고개를 끄덕거리려고 했지만, 중심을 잃고 내 팔을 부여잡았다. 나는 그 애가 이미 한계인 것을 알았다.

박소라의 팔을 어깨에 두른 뒤 거의 부축하다시피 하여 클럽 밖으로 나갔다. 이미 바깥은 어둠 속에 잠겨 있었다. 박소라를 클럽의 벽에 기대어 놓고 주변을 둘러보았다. 자기 잘났다고 떠들어대던 어른들도 갈지자의 걸음으로 여자를 찾아 더러운 빛 속으로 스며들어 가고 있었다. 지금부터 하려는 일을 생각하는 나나 그들이나 별반 다를 게 없을 것 같았다.

보는 사람이 없는 걸 확인한 나는 자세를 낮추어 박소라의 주머니를 뒤졌다. 핸드폰은 그녀의 미니스커트 뒷주머니에 들어 있었다. 출시된 지 한 달도 안 된 핸드폰이었다. 화면을 켜니 잠금은 되어 있었지만 지문 인식 방식이었다. 늘어져 있는 박소라의 검지를 들어 간단히 잠금을 해제했다.

사진 폴더로 들어가 어떤 사진들이 있는지 보았다. 음식 사진들이 꽤 많았다. 여자들은 왜 이렇게 자신이 먹고 마시는 걸 찍어대는지 나로서는 이해가 되지 않았다. 나머지 사진들은 셀카가 많았는데 어떤 것은 상당히 야한 차림으로 큰 거울 앞에 서서 찍은 것도 있었다. 나는 그 사진 중에 얼굴을 제법 클로즈업해서 찍은 셀카 사진을 선택했다.

그리고 그 사진을 엄마의 핸드폰 번호로 보냈다.

[저 자꾸 따라다니시는 거 알아요. 제가 어떻게 아줌마 전번을 알았는지 궁금하시죠? 나 아줌마 만나고 싶은데 이리로 오실래요?]

문자를 찍고는 동네 골목 중 한 곳의 위치를 앱에 찍어 전송했다. 어두워지면 인적이 드물어 가끔 패거리들과 몰려 담배를 피우던 골목이었다. 집 근처라 잘 알고 있었다.

다시 핸드폰을 박소라의 주머니에 집어넣었다. 그때 그 아이는 내가 자신을 일으켜 세우고 핸드폰을 주머니에 쑤셔 넣어도 모를 정도로 만취되어 있었다. 곧장 택시를 잡아 박소라를 태웠다. 운전사에게 위치를 설명하고 문을 닫았다. 멀어지는 택시의 뒤꽁무니를 보며 나는 웃었다. 가슴께가 간지러운 기분이었다.

*****

먹던 햄버거를 내려놓고 최영민을 보았다. 최영민의 눈빛이 조금 흔들렸다. 노려보는 시선에 당황한 것 같았다.

"그게 뭐?"

"그, 그렇지? 너랑은 상관없는 거지?"

나는 웃었다.

"내가 우리 엄마한테 박소라를 바쳐서 우리 엄마가 붙어먹게 했다는 거야 뭐야?"

낮고 침착한 목소리로 말했다. 그럴수록 최영민은 더 당황하는 티를 냈다. 그런 모습이 웃겼지만 표정을 감추는 것은 쉬웠다.

"그런 뜻이 아니라…… 우연이 너무……."

"하고 싶은 말이 뭐야?"

"아, 아냐. 그런 말뜻이 아니라……. 그래서 경찰한테도 얘기하지 않았다는 거지."

"했어도 상관없어."

눈을 내리깔고 먹던 햄버거를 다시 집어 한입 베어 물었다. 얼핏 보니 내 말에 최영민은 안심하는 것 같았다. 엉거주춤한 자세로 최영민이 일어섰다.

"학교는 정말 그만두는 거야? 앞으론 뭘 하려고."

"뭐든."

"그래……. 넌 뭐든지 잘할 거야."

최영민은 도움이 필요하면 언제든 연락하라거나, 모일 때 전화하겠다는 말을 끝까지 하지 않았다. 학교에 있을 때처럼 '팸'이 계속 유지될 거라는 기대는 하지도 않았다. 부모가 그런 이상한 범죄자인 녀석을 불편해서라도 보고 싶지 않을 것이다. 그런데도 쓴웃음은 나왔다.

"나 그만 가볼게."

혹시 더 놀다 가라고 잡기라도 할까 봐 홱 돌아서서는 다급하게 운동화를 꿰어 신는 녀석을 보니 등짝을 차버리고 싶은 기분이 들었지만, 이제 저 녀석도 마지막이구나 하는 생각이 들어 그냥 참았다.

녀석이 돌아간 후 햄버거를 마저 먹기 시작했다.

현재욱 아저씨가 가장 앞에 서서 경찰들이 집으로 찾아왔던 날, 난 집에 있었다. 초인종이 울렸을 때 식탁에 앉아 있던 엄마의 한쪽 어깨가 움찔하던 것을 잊지 못한다. 생각보다 빨리 찾아왔다는 생각을 하며 내가 아무것도 모르는 척 문을 열어주었다. 그들이 마당을 가로질러오는 사이 엄마는 나에게 달려들었다.

"들어가 있어. 엄마가 잠깐……."

다급한 목소리를 가로막은 것은 나였다. 경찰들이 오기 전에 하고 싶은 말이 있는 것은 나 역시도 마찬가지였다.

"그년이 먼저 문자 보내서 꼬신 거라고 할 거야? 그 문자를 과연 걔가 보냈을까?"

엄마의 찢어질 듯 휘둥그렇게 떠지는 눈, 벌어지는 입술, 얼굴 위에 드리우는 절망의 어둠. 그 표정 또한 내가 평생 잊지 못할 또 하나의 장면이 되었다.

뉴스에도 아무 소식이 나오지 않는 것을 보니 엄마는 경찰에 문자메시지에 관해서는 이야기하지 않은 것 같다. 우연히 길에서 만나 강제로 덮쳐 죽였다고 진술했을 것이다.

물론 박소라에게는 조금 미안한 감정이 있다. 죽일 거라고는 생각지 못했다. 하지만 죄책감까지는 아니다. 죽인 것은 내가 아니기 때문이다. 그냥 그날은 모든 것이 재수 없었던 날이었다고 생각할 뿐이다. 나에게도, 박소라에게도.

햄버거의 마지막 조각을 입에 넣고 우물거리면서 햄버거를 싼 종이를 한 손으로 구겨 대충 옆에 던져 놓았다. 뜨거운 물을 부었던 컵라면은 이미 불어 볶음면 같은 모양이 되어 버렸다. 그 채로 그냥 휘휘 저어 후루룩 삼켰다.

문득 집 안이 무척이나 조용하다는 것을 실감했다. 라면을 우물거리면서 생경한 그 침묵을 온몸으로 받아들였다. 앞으로는 익숙해져야 하는 침묵이라는 것을 알고 있었다.

그날 밤 나는 새벽이 되도록 게임을 했다. 일찍 자라거나 잔소리를 하는 사람은 아무도 없었다. 불법 다운로드 사이트에 들어가 야동을 다운받아 스피커를 크게 틀어놓고 감상했다. 문도 활짝 열어놓고 바지를 내려 마음껏 수음을 했다. 이렇게까지 될 거라고 생각하지는 않았지만 이렇게 되니 그날의 선택이 신의 한 수였다고, 거친 숨을 내쉬면서 나는 생각했다.

******

침대에서 눈을 떴다. 한동안 눈을 껌벅거리면서 정신이 완전히 돌아오기를 기다렸다. 배가 고팠으나 냉장고에 들어 있는 음식이라고는 먹다 남은 피자 조각밖에 없다는 것을 깨닫고 나자 침대 밖으로 나가기가 싫어졌다. 나는 몸을 뒤집으며 베개를 끌어당겨 배 밑에 넣었다. 집 안의 적막을 느끼며 풋 웃었다.

좋았다. 아무도 없다는 사실이. 어쩌면 태어나 처음으로 느껴본 이 자유가 행복이 아닐까 싶기까지 했다.

2개월이 지났다. 집 대문에는 여전히 붉은색 스프레이 페인트로 욕설이 적혀 있었지만, 근래에 더 늘어난 것은 아니었다. 지우고 또 지우는 것도 지쳐버려서 내버려 둔 것이었다. 현재욱 아저씨가 이사를 가려면 낙서 있는 것을 다 지워야 집을 내놓을 수 있다고 해서 이른 시일 내에 처리하긴 해야 했다. 아저씨와 의논 끝에 이사 가기로 한 곳은 서울에서 비교적 가까운 강원도 춘천이었다. 두 시간 정도의 거리니 무슨 일이 있으면 아저씨가 바로 오겠다고 했다.

"경기도 쪽이 낫지 않아요?"

"거긴 알아볼 사람이 많을 수도 있고……."

말끝을 흐리는 아저씨의 본심을 알아차릴 수 있었다. 아저씨는 최대한 나를 멀리 보내고 싶은 것이다. 다만 '친구의 일인데 정말 대단하네' 하는 주변의 평판 때문에라도 더 멀리 보낼 수는 없으니 '자신이 돌볼 수 있는 데서 최대한 멀리'의 조건으로 고른 것이 춘천이었던 것으로 보인다. 이유는 단순하다. 바로 아저씨의 딸 현소윤 때문일 것이다. 그 아이와 만난 것은 단 한 번뿐이었지만 그때 본 아저씨의 경계를 나는 똑똑히 기억하고 있었다.

침대에서 일어나 거실로 나갔다. 거실은 엉망이었다. 다 먹은 컵라면 그릇들과 치킨 상자, 그리고 맥주 캔들이 여기저기 굴러다니고 있었다. 자유인 것을 확인하고 싶어 일부러 치우지 않는다. 내가 확인하고 싶은 것은 '그들이 돌아오지 않는 것'이다.

재판에 갈 생각은 없다고 아저씨에게 분명히 못 박아 두었다. 하지만 최대한 긴 형량이 나왔으면 좋겠다고 생각한다. 형량 동안 미성년자에서 벗어나면 아저씨가 구해주는 집에서 살다가 그 집마저 팔아버리고 사라져 버릴 생각이었다.

나른한 몸을 소파에 내던지듯 주저앉은 나는 온 힘을 다해 기지개를 켰다. 오늘은 뭘 하면 좋을까 하는 생각을 했다. 최영민은 그날 이후 단 한 번도 찾아오거나 연락하지 않았다. 몰려다니던 팸 녀석들도 마찬가지였다.

그때 바깥에서 뭔가 구르는 소리가 났다. 상자를 주우러 다니는 노인들의 손수레 소리일 수도 있고, 짐을 나르는 택배기사들의 밀차 소리일 수도 있었다. 그 소리에 맞춰 내 머릿속에 하나의 기억이 떠올랐다. 현재욱 아저씨와 만나던 날 파쿠르를 하던 아이들.

그렇게 몸을 움직이고 싶은 것은 아니었다. 하지만 시원하게 공기를 가르고 싶다고는 생각한다. 어느 쪽이 더 관심이 있느냐면 절대적으로 스피드 쪽이었다. 하지만 인간이 내는 스피드는 어차피 제한이 있다.

문득 떠오른 생각에 나는 그대로 자리에서 일어나 안방으로 들어갔다. 안방에는 먼지만 내려앉아 있을 뿐 크게 달라지거나 어질러진 것이 없었다. 나는 사건 이후 최대한 안방에 들어가지 않았다. 그냥 그 방에 들어가는 게 싫었다. 생각만 해도 더러운 것들을 속에 숨겨두고 아무렇지 않게 살았을 이 안방이 재수 없게 느껴졌다.

돌아볼 생각도 없이 곧장 화장대 아래쪽에 붙은 서랍장을 열었다. 아버지가 쓰던 자동차 키가 거기에 있었다. 당연히 면허 따위는 없다. 하지만 조금도 주저하지 않고 열쇠를 집어 들었다. 대충 양치와 세수를 하고 야구모자를 뒤집어쓴 뒤 청바지와 흰 티셔츠를 꺼내 입었다. 빨래도 한 지 오래되어 여기저기 구겨져 있는 그대로였다.

밖으로 나가 곧장 집 아래를 향해 내려갔다. 이 동네는 저녁만 되면 주차 전쟁이라, 거의 새벽 시간에나 들어오는 아버지는 항상 저 멀리 있는 공터에 차를 가까스로 세우곤 했다. 역시나 그 생각대로 눈에 익은 차가 거기에 서 있었다. 차 키에 달린 무선 버튼을 누르니 삑 소리와 함께 차의 라이트가 번쩍였다.

살짝 긴장되었지만, 운전석에 올라앉아 시동을 건 순간 웃음이 나왔다. 운전하는 방법은 대충 알고 있었다. 아버지가 운전하는 것을 본 적도 있고 운전하는 게임도 많이 했었다. 사이드 브레이크를 내리고 기어를 D에 맞춘 다음 액셀러레이터를 살짝 밟았다. 차가 부드럽게 앞으로 나갔다. 핸들을 돌리며 차의 앞부분이 공터를 빠져나온 순간 쾌감이 일었다. 도로에 합류했을 때는 자신감이 완전히 붙어 있었다.

평소 버스 안에서만 보던 도로는 완전히 주차장이었다. 그런데 오늘은 유난히 길이 막히지 않았다. 모든 것이 나를 위한 날이라고 생각되었다. 재수 없던 그날에 대한 보상이라도 되는 듯이 느껴졌다. 하늘이 깨끗하고 맑았다. 이제 곧 본격적인 여름으로 들어갈 것이었다. 학교는 지금쯤 수업이 시작되었을 것이다. 일정 온도에 이르기 전에는 에어컨을 켜지 않을 것이다. 거기에 갇힌 아이들을 떠올리자 우월감이 들었다. 액셀러레이터를 밟은 발에 힘이 더 들어갔다. 창문을 열고 손을 살짝 내밀어 보았다.

그때였다. 아주 잠깐 시선을 돌린 것뿐이라고 생각했는데 눈앞에 다른 차의 뒤꽁무니가 바짝 다가와 있었다. 신호에 걸려 정차한 것 같았다. 사고가 날 것 같다고 생각한 순간 빠르게 핸들을 오른쪽으로 꺾었다. 차의 앞머리가 크게 돌면서 차가 2차선에서 3차선으로 넘어갔다. 옆에 차가 없었으니 망정이지 잘못하면 사고가 날 뻔했다. 한숨을 돌리는 것도 잠시였다. 건널목 쪽에서 사람들이

도로로 내려오는 것이 보였다. '차를 세워야 한다'고 생각한 순간, 나도 모르게 액셀러레이터를 밟았다. 차가 앞으로 튀어 나갔다. 나는 정신없이 브레이크를 밟았다. 찢어지는 굉음을 내며 차가 서려고 했지만, 어느새 한 남자가 눈 안으로 뛰어 들어왔다. 체크무늬 반팔셔츠에 아이보리색의 파나마모자를 쓴 남자였다. 그 순간이 슬로모션처럼 느껴졌다.

쾅!

남자가 하늘로 붕, 떠오른 것을 본 순간 차가 겨우 멈춰 섰다. 남자가 썼던 파나마모자가 차의 보닛 위에 얹혀 있었다. 핸들을 잡은 손이 덜덜 떨렸다.

'이건 아냐.'

나는 뭔가 잘못됐다고 생각했다.

너여야만 해

정수정

*

"죄송합니다. 최선을 다해 노력했지만, 사망하셨습니다."

수술실에서 나온 의사가 고개를 살짝 숙인 채 건조하게 말했을 때, 나는 바닥에 털썩 주저앉았다. 뭔가를 잘못 들었다는 얼굴로 다시 의사를 올려다보자, 의사는 묵례를 한 후 간호사들과 함께 어딘가로 사라져 버렸다. 핏물이 잔뜩 물든 수술 가운이 펄럭였다.

"안 돼! 안 돼, 재호야!"

오열과 함께 외치는 비명과도 같은 그 소리에 퍼뜩 정신을 차리고 옆을 보았다. 시어머니가 바닥을 뒹굴며 울부짖고 있었다.

"어머니, 왜 그러세요. 정모 아빠 나오면 놀라요. 얼른 일어나세요."

울부짖던 시어머니가 천천히 고개를 들었다. 시어머니의 얼굴은 눈물에 흠뻑 젖어 있었다. 평생 홀로 아들을 키워 곱을 대로 곱은 거친 손으로 내 두 뺨을 감쌌다. 시어머니의 눈에서 다시 눈물이 줄줄 흘렀다.

"아이고, 애미야. 애미야."

나는 영 모르겠다는 표정으로 시어머니의 손을 잡았다.

"왜 그러세요, 어머니."

"이를 어쩌면 좋니, 애미야."

시어머니는 더욱 크게 울면서 내 몸을 끌어안았다. 나는 그녀에게 안긴 채로 고개를 들어 수술실을 올려다보았다. 수술 중이라는 푯말에 환하게 들어와 있던 불이 어느새 꺼져 있었다.

장례식장에는 대한의사협회와 정신건강의학과 협의회에서 보낸 화환이 도착해 있었다. 하지만 빈소를 찾아오는 이는 극히 드물었다. 나와 시어머니가 연락을 하지 않은 탓도 있었지만, 남편의 사망을 알고 있는 사람들도 조문을 꺼리고 있었다. 두 달 전까지만 해도 뉴스를 화려하게 장식하던 사건의 중심에 선 가족을 만나고 싶은 사람은 없었다. 무슨 말로 위로를 해야 할지 알 수 없는 것이리라고 나는 그렇게 이해하려 한다. 차라리 아무도 오지 않는 것이 나을지도 모른다.

"뭘 좀 먹어야지."

옆에 앉은 시어머니가 말했다. 그러는 그녀도 거의 식사를 하지 않았다. 입술이 허옇게 갈라져 있었다. 나는 고개를 저었다.

"저는 별로 배고프지 않아요. 어머니 식사하셔야죠."

남편의 사망 소식을 들었을 때 털썩 주저앉던 것처럼 시어머니의 어깨가 내려앉았다.

"자식 앞세우고 뭐가 좋다고 밥이 넘어가겠니."

그렇게 말한 그녀가 목을 빼 바깥을 쳐다보았다.

"이제 다 갔나."

시어머니가 말하고 있는 것은 취재진들이었다. 두 시간 전, 한바탕 소동이 지난 뒤였다. 한 소녀의 죽음에 얽힌 두 가족의 악연에 대해 취재진들의 관심은 폭발했다. 화재를 낸 소년과 그 소년에게 죄를 덮어씌우려던 두 부부, 그리고 그 소년의 아버지와 두 부부의 아들 사이에 벌어진 교통사고와 죽음은 악연이라는 단어로 표현도 안 될 지독한 것이었다.

"장례식장 관계자하고 경찰들이 정리해줘서 이젠 조용해요."

"그렇구나, 저 근데 애미야……."

시어머니가 뭔가 말을 하려 할 때 핸드폰이 진동했다. 핸드폰을 꺼내 보니 액정화면에 '문석호 변호사'라는 이름이 떴다.

"어머니, 잠깐 전화 좀."

"그래, 어서 받고 와라."

나는 핸드폰을 들고 빈소를 벗어났다. 전화가 끊어질 것 같아 복도에 선 채로 전화를 받았다.

"네, 변호사님. 네……."

통화는 길지 않았다. 오늘 아침 문자메시지로 보낸 질문에 대한 답변이었다. 짧은 통화를 마치고 들어갔을 때 시어머니는 기다리고 있었다는 듯 시선을 보내왔다. 그녀의 옆에 앉으며 말했다.

"변호사님이에요. 정모 항소가 받아들여지지 않았대요."

나는 말의 끝에서 입술을 살짝 깨물었다. 정모는 징역 2년의 실형을 받았다. 그동안 저질러 왔던 방화 전력이 문제가 되었다. 실형까지는 예상했어도 2년은 너무 과하다고 생각했다. 변호사 역시 실형은 피할 수 없을지 모른다고 말했지만, 그는 1년 이하를 예상하고 있었다. 2년 형이 선고되자 변호사는 사회적 관심 때문에 재판부에서도 부담을 갖고 있는 것이라고 했다. 사회적 관심. 단순한 고등학생의 폐창고 방화였다면 이러지 않았을 것이었다.

'그 인간 같지도 않은 것들 때문에…….'

입술을 깨물며 생각했다. 그들 때문에 부당한 형량이 나왔다고 생각했다. 변호사와 상의해 즉시 항소했다. 하지만 재판부에서 받아들여지지 않았다는 연락을 받은 것이다.

"이제 어쩌니……."

좌절한 얼굴로 시어머니가 한숨을 내뱉었다. 나는 충혈된 눈을 깜박이며 이를 앙다물었다.

"정모가 나올 때를 기다려야지요. 어떻게든 잘 살 수 있어요, 어머니."

"정모는 아니?"

"변호사 통해 얘기 전달했어요."

제 아빠의 죽음에 대해 정모가 어떤 반응이었는지는 딱히 묻지 않았다. 변호사도 특별한 이야기는 해주지 않았다. 이제 앞날만

볼 거라고 나는 생각했다.

"저기 근데 애미야……."

조심스레 시어머니가 입을 열었다. 아까도 하고 싶은 말씀이 있었던 것 같다는 생각이 뒤늦게 떠올랐다. 뭔가 주저하는 것 같았다. 나는 그녀를 응시했다. 시어머니는 바닥을 내려다보다가 결심을 했다는 듯 고개를 들었다. 남편을 보내고, 여자 혼자 힘으로 아들을 키워내고, 그 아들을 앞세운 지긋지긋한 인생의 풍파가 주름 사이에 찌들어 있었다.

"아범이 죽기 전에 날 찾아왔었다. 이혼한다고."

잠시 나는 할 말을 잃었다. 그 침묵의 시간 동안 시어머니는 내게서 눈을 떼지 않았다. 마치 뭐라도 읽어내려는 것처럼. 나는 포기하듯 눈을 내리깔았다. 얕은 한숨이 입에서 나왔다. 시어머니의 손을 힘주어 잡았다.

"걱정하실 거 같아 말씀 안 드리려고 했는데."

내 말에 시어머니의 눈빛이 흔들렸다.

"정모 그렇게 되고 나서 싸움이 잦았어요. 그 사람은 아이 단속을 못 한 저한테 실망이 컸고, 저는 그런 그 사람이 원망스러웠으니까요. 왜 내 탓만 하나, 그런 생각이었던 것 같아요. 하지만 그 사람 말도 일리는 있죠. 어렸을 때부터 정모를 감싸기만 했던 건 저였으니까요. 아무튼……. 그렇게 매일같이 싸우다 지칠 때쯤 그 사람이 이혼 얘기를 꺼냈어요. 저도 그렇게 하자고 했고요."

"그럼……."

"그 사람은 이혼하고 나서 한국을 떠날 생각이었던 것 같아요. 병원도 정리하고, 그 돈을 다 아는 선배에게 보내서 집도 구했나 보더라고요. 그런데……."

숨을 들이쉬었다. 그리고는 시어머니의 눈을 똑바로 보았다. 여전히 나는 시어머니의 손을 잡고 있었다.

"계속 떨어져 있으니까 그 사람도 저도 마음이 바뀌더라고요. 정모 재판 결과 나오던 날 만났어요. 그 사람은 제가 마음이 많이 상해있을 것 같아 걱정하더라고요. 전 혼자 떠날 그 사람을 걱정하고……. 그날 서로 많은 얘기를 했어요. 그러다 결국 같이 얼어 있던 마음이 풀려버렸어요. 어머니, 가족은 진짜 어쩔 수 없나 봐요. 그게 그 사람 죽기 전날이었어요."

"그럼 이혼한다던 얘기는……."

"그 사람이 어머니한테 얘기한 줄은 몰랐어요. 걱정하실까 봐 저는 나중에 말씀드리려고 했거든요. 공항에 가기 전에 만나서 이혼 신청한 거 같이 취소하기로 했었어요. 저는 여기서 정모 나올 때까지 기다리다가 2년 뒤에 정모 데리고 그 사람한테 가기로 했고요. 정모한테도 새로운 환경이 필요할 것 같아서요. 그런데 이런 일이……."

눈에서 눈물이 떨어졌다. 살아 있는 것이 죄인인 것처럼 나는 시어머니 앞에서 다시 고개를 숙였다. 시어머니는 그런 내 어깨를 부드럽게 안아 주었다.

"그랬었구나. 난 너희들이 이혼한다고 하길래 이것들이 정모일 때문에 얼마나 힘들었을까 생각하니 마음이 얼마나 안 좋은지. 설마 정모가 나쁜 일을 벌였다고 그 녀석을 버리려는 건 아닌가 생각했었거든. 부모라는 게 자식이 아무리 나쁜 짓을 벌여도 놓을 수 없는 거잖니. 근데 나도 애미라고 재호가 혼자 몸으로 타지에 나가 적응이나 할 수 있을까 걱정이 많고 마음이 힘들었다. 혹시 네가 재호 장례식에도 오지 않는 건 아닐까 하고 생각했었거든. 그래서 네가 온 걸 보고 조금 놀랐는데……. 그랬었구나. 다시 해보기로 했었구나."

"네. 어머님."

"다른 때 같았으면 잘했다고 말했을 텐데, 이렇게 되어서 어떻게 하니. 이제 너 혼자 어떻게……. 내 박복한 인생이 너한테로 옮겨 간 것 같아. 내가 죄가 큰 노인네야."

나는 고개를 저으며 시어머니의 노구를 끌어안았다.

"그런 말씀 마세요, 어머니. 왜 그런 말씀을 하세요. 제가 잘할게요. 정모도 그 안에서 마음을 많이 고쳐먹을 거예요. 아무 걱정하지 마세요."

시어머니는 생각났다는 듯 내 품을 벗어나며 물었다.

"그럼 재호 병원 정리한 돈은 어떻게 되는 거니? 미국에 있다는 그 선배 여자가 잘 챙겨 보내줄까?"

나는 그녀의 손을 토닥이며 살포시 웃었다.

"연락처는 아니까 장례 끝나는 대로 제가 연락해 볼게요. 집을 빌린 거라 해약이 되는지는 모르겠어요. 저도 미국 사정에 밝은 건 아니니까요. 혹시 손해 보더라도 어쩔 수 없죠."

"그래, 그래."

시어머니는 내 손을 강하게 움켜쥐었다. 지금 이 상황에서 돈 생각보다 슬픔에 싸여 있는 며느리가 너무나 고맙다는 눈빛이었다.

"내 박복한 운명을 너한테까지 넘겨주진 않을 거다. 너는 내가 지켜주마. 이제 나한테 핏줄이라고는 정모 하나밖에 안 남았어. 그 녀석이 나오면 정신을 차릴 수 있도록 어떻게든 도울게. 이 보드라운 손, 절대 거칠게 하지 않으마."

"어머니……."

평생 고생밖에 모르고 산 시어머니는, 이제 하나뿐인 아들도 앞세워버린 장례식장에 앉아 자꾸만 무너지는 마음을 일으켜 세우고 미래를 보려 하고 있다. 그것이 바람피우는 남편, 고된 시집살이, 그러다 남편을 앞세우고, 남편 잡아먹은 년이 된 채로 산 세월 동안 그녀가 살아남는 방법이었을 것이었다.

내 손을 꼭 잡는 시어머니의 손을 마주 잡으며 고개를 들었다. 눈물로 얼굴이 엉망이었다. 나는 서둘러 내 눈물을 닦은 뒤 시어머니의 눈물도 닦아주었다. 그리고는 일부러 환히 웃으며 말했다.

"혹시라도 손님들 오시면 깜짝 놀라시겠어요. 어머니랑 저랑 드잡이한 줄 알고요. 저 화장실에 가서 세수 좀 하고 올게요."

"그래. 다녀와."

자리에서 일어나는 나를 보며 시어머니도 애써 웃었다. 흐트러진 상복을 가다듬자 치마에서 버석거리는 소리가 났다. 나는 머리를 매만지며 화장실로 향했다.

화장실 안으로 들어가 거울 앞에 섰다. 거울에 비치는 내 얼굴을 바라보았다. 눈물에 젖어 얼굴은 엉망이었고, 화장품 하나 바르지 못한 피부는 푸석거렸다. 초췌해진 거울 속의 얼굴을 보면서 생각했다.

이만하면 남편 앞세운 여자의 얼굴로는 충분하다고.

나는 상복 안에서 핸드폰을 꺼냈다. 통화 버튼을 누르자 전화기 너머에서 연결음이 들려왔다. 상대가 전화를 받는 동안 나는 화장실 안쪽을 둘러보았다. 다행히 화장실을 사용하는 사람은 없었다. 통화가 연결되었고, 몇 번의 안내 멘트를 지나 곧 상담원과 연결되었다.

—감사합니다. 세운생명주식회사입니다. 무엇을 도와드릴까요?

"남편이 교통사고로 사망했습니다. 보험금 지급 때문에 전화를 드렸는데요. 필요한 서류가 뭔가요?"

나는 잠긴 목소리로 차분히 말했다. 상담원은 아주 안타깝다는 듯한 목소리로 필요한 서류들을 불러주었다. 당장 메모할 거리가 없어 통화 녹음 기능 버튼을 눌렀다. 장례가 끝나는 대로 필요한 서류를 접수시킬 생각이었다.

상담원의 안내 멘트를 들으며 나는 몇십 분 전 변호사와 했던 통화를 떠올렸다.

남편이 교통사고로 위독하다는 전화를 받았을 때 가장 먼저 든 생각은 이혼 문제였다. 병원을 정리한 돈은 미국에 집을 렌트하는 데 전부 썼다고 해도 현재 살고 있는 집과 예금들이 있었다. 가장 큰 문제는 보험이었다. 남편 박재호의 앞으로는 몇 가지의 보험이 있었고, 그 보험들의 사망보험금만 더해보아도 십억 원이 넘는 돈이었다.

하지만 이혼 절차를 밟고 있던 도중이었다. 만약 그렇게 되면 나에게 돈이 하나도 떨어지지 않는 게 아닐까 하고 걱정했다. 그래서 정모 때문에 알게 된 변호사에게 문자메시지를 보냈다. 내 메시지를 보고 전화를 걸어온 변호사는 말했다. 이혼 절차가 끝나지 않은 상태에서 상대가 사망했을 경우, 이혼 절차를 진행할 당사자가 없는 것이기에 이혼 신청 역시 취소되는 것이라고 말이다. 그래서 둘의 혼인 관계는 여전히 유효한 것이고, 보험금은 당연히 정모와 나의 것이었다.

시어머니가 이혼 얘기를 물어보았을 때는 아찔했지만, 변호사의 말을 미리 듣고 난 뒤라 흔들림 없이 대처할 수 있었다. 만약 이혼의 진실을 시어머니가 뒤늦게 안다고 해도 보험금은 합법적으로 내 것이었다.

하지만 당장 시어머니를 남처럼 대할 생각은 없다. 정모가 나올 때까지 적당히 맞춰주다가 정모가 나오면 남편이 미국에 렌트해 놓은 집으로 들어가 살 생각이었다. 사건이 화제가 되어 주변의 시선이 녹록지 않았다. 그렇게 새로운 인생을 시작할 것이었다.

시어머니와는 자연스럽게 연락을 끊어갈 생각이었다.

—서류를 준비하셔서 저희 회사로 신청서와 함께 접수하여 주시면 심사 후 담당자가 연락을 드릴 겁니다. 더 궁금하신 사항은 없으십니까?

“없습니다. 감사합니다.”

나는 가볍게 전화를 끊었다. 그리고는 기지개를 켰다. 온몸에 피로가 몰려왔다. 오늘 밤을 새우려면 고생이 좀 될 것 같았다. 그래도 이십여 년 가까이 함께 살았던 의리로라도 그의 마지막을 정리해주는 이 고생이 아깝지는 않았다.

문득 떠오르는 생각에 나도 모르게 풋, 하고 웃음이 새어 나왔다.

정말 기막힌 악연이었다. 정모에게 살인죄를 덮어씌우려던 부부의 아들이 운전하던 차에 치이다니. 이제 그 쓰레기 같은 집안의 가족들은 단 한 명도 남기지 않고 교도소에 처박힌다. 하지만 감사하기도 했다. 그 쓰레기들 덕분에 나에게 자유가 생겼으니까.

거울 속에서 웃고 있는 내 모습을 보며 중얼거렸다.

“하필 그날 그 시간에 거기에 있었던 게 너여서 참 고마워, 김재호.”

작가의 말 |

〈너여야만 해〉의 주인공들은 각자 '너여야만' 하는 '너'를 갖고 있는 사람들이다. 이 죄를 지은 범인이, 이 불행이, 나를 위해 희생해 주어야 하는 것이, 내 자유를 위해 사라져 줘야 하는 것이 '너'여야만 하는 사람들.

어쩌면 그들은 우리의 단면일지도 모른다. 실제로 벌어진 범죄 기사를 가십거리로 소비하고, 함부로 댓글을 다는 모든 행위가 그 불행이 자신의 것이 아니기 때문에 가능한 것이 아닐까. 어쩌면 지금 이 전쟁 같은 세상 속에서 안도의 한숨을 쉬고 있는 내가, 혹은 당신이 이 책의 주인공일지도 모르는 일이다.

문득 주변을 둘러본다. 당신들은 무슨 생각을 하는지 모를 얼굴을 하고 있다. 그럼에도 당신들에게는 불행했으면 좋을 '너'가 없기를 바란다. 평범해 보이는 외면의 기저에 웅크린 악마를 모두 쫓아내 버렸기를.

2019년에 출간된 『카페 홈즈에 가면?』 앤솔로지에 실린 내 단편 〈너여야만 해〉가 이 책의 시작이 되었다. 앤솔로지가 출간되고 난 후, 〈너여야만 해〉를 장편소설로 개작할 마음은 있었지만, 처음부터 옴니버스식의 구성을 할 생각은 아니었다. 출판사인 손안의책 대표님께서 '다른 인물들의 또 다른 시각'에 대해 써보면 어떻겠느냐는 말씀을 하셨을 때, 머릿속에서 두서없이 여러 장면들이 떠올랐고, 그것이 당신이 읽고 있는 또 다른 〈너여야만 해〉가 되었다. 책의 출간을 결정해 주시고 아이디어까지 주신 손안의책 대표님께 특별한 감사의 인사를 드린다.

글을 쓰는 일은 행복하지만, '항상' 행복하지만은 않다. 고통스러운 날도 있고, 내가 한낱 먼지 같을 때도 있다. 그것을 이기고 한 권, 한 권 책을 낼 때 짜릿한 쾌감이 따른다. 그 쾌감이 마치 마약처럼 중독된다. 나는 그 중독을 이겨낼 자신이 없어서 마약에 손을 대듯 글을 쓴다. 어느새 고통이 쾌감이 되어버려 뭐가 뭔지 모르게 된다. 그럼에도 이 쾌감이 당신에게 전해지기를 바란다.

이 순간, 당신이 이 책을 들고 있어서 참 다행이다. 내가 작가로 살 수 있는 것은 모두 당신의 덕이다. 당신이 그 귀한 시간을 이 책에 써주어서 감사하다. 내 책 한 권으로 인해 당신의 모든 순간이 행복할 수는 없겠지만, 책을 읽는 잠깐의 그 시간 동안 당신이 조금이라도 즐거웠다면 좋겠다고 생각한다.

2020년에

정해연

너여야만 해

1판 1쇄 발행 2020년 3월 20일

지은이 정해연

발행인 박광운
편집인 박재은

발행처 손안의책
출판등록 2002년 10월 7일 (제307-2015-69호)
주소 서울 성북구 화랑로 214, 102동 601호
전화 02-325-2375 팩스 02-6499-2375
카페 http://cafe.naver.com/bookinhand
이메일 bookinhand@hanmail.net

ISBN 979-11-86572-53-5 03810

정가는 뒤표지에 있습니다.
파본이나 잘못된 책은 구입하신 곳에서 교환해 드립니다.

이 도서의 국립중앙도서관 출판예정도서목록(CIP)은 서지정보유통지원시스템 홈페이지(http://seoji.nl.go.kr)와
국가자료종합목록 구축시스템(http://kolis-net.nl.go.kr)에서 이용하실 수 있습니다.
CIP제어번호: CIP2020009503